ストラングラー

死刑囚の推理

佐藤青南

ハルキ文庫

角川春樹事務所

目次

ストラングラー

死刑囚の推理

第一章

1

「簑島《みのしま》さん」

背後から聞こえた快活そうな声に、簑島朗《あきら》は振り向いた。

ニキビ面の男が、顔を紅潮させて簑島を見上げている。小柄な身体《からだ》にジャケットが滑り落ちそうななで肩で、中学生がサラリーマンのコスプレをしたかのようだ。とても警察官には見えない。だが間違いなく警察官なのだろう。ここには警察官以外、いないのだから。

警視庁錦糸町《きんしちょう》警察署五階の廊下には、大会議室から吐き出された捜査員の階段へ向かう流れができていた。簑島に肩がぶつかった捜査員が、迷惑そうに一瞥《いちべつ》して通り過ぎる。

「錦糸町署刑事課捜査一係の外山誠吾《とやませいご》です。この春に生活安全課から配転になったばかりで、殺人事件の捜査については勝手がわからない部分も多いですが、精一杯頑張りますので、よろしくお願いします」

「そう……ですか。よろしく」

外山の目は見ない。生来の人見知りもあるが、いまはそれ以外の理由があった。

「殺人事件の捜査についてはは素人でも、このあたりの地理ならばっちり頭に入ってますんで、なんでも訊《き》いてください」

外山が自分の胸をこぶしで叩《たた》く。

「ああ」いまのうちに伝えておかないと。

「外山さん。そのことなんですが——」

簑島が言いかけたそのとき、通りかかった伊武孝志《いぶたかし》から肩を叩かれた。オールバックの髪型に、消えることのない眉間《みけん》の皺《しわ》、胸もとを開けた派手な柄のシャツ。とても堅気に見えない風貌《ふうぼう》は、長らく在籍していた捜査四課で醸成されたものだという。だがその見てくれに反して気さくで面倒見がよく、簑島にとっては年の離れた兄のような存在だった。

伊武に促され、簑島は歩き出した。後ろから外山がついてくる。

「行くんだろ」

がに股《また》で歩きながら、伊武がちらりと視線を流してきた。

簑島は覚悟を表明するかのように、唇を引き結んだ。その表情で察したようだ。「しょうがねえな」と伊武が懐《ふところ》を探る。

彼が取り出したのは、錦糸町駅周辺の地図だった。一部分がマーカーで赤く囲われている。

「おまえらに割り振られたのは、どのへんだった」

反射的に質問に答えかけて、簑島はかぶりを振った。

「そこまでしていただくわけには……」

「念のためだ」と伊武は語気を強める。「別に無理してまでやろうとは思ってない。もしも早めに終わって、暇を持て余してどうしようもなかったら、時間潰《つぶ》しでやるかもしれない。その程度だ。だから、あんまり期待すんな」

そうは言うものの、伊武は無理してでもやるだろう。そういう人だ。

だが一度言い出したら聞かない人でもあることも、簑島は五年に及ぶ付き合いでよく知っている。

「ありがとうございます」

厚意に甘えることにした。地図を受け取り、外山を振り向く。

「外山さん。おれたちの担当区域は、どのあたりでしたか」

外山が不思議そうに目を瞬《しばた》く。

「担当区域って、地取りのですか」

「そうです」

「江東橋《こうとうばし》四丁目……墨東《ぼくとう》病院の周辺ですが」

「この地図だと、どこになりますか」

「えっ……と」

外山は地図を覗《のぞ》き込みながら、その一部を指で示した。「このへんです」

「わかりやすいようにペンで囲ってくれ」

「はあ……」

伊武から顎《あご》をしゃくられた外山が、懐からペンを取り出す。担当区域を地図に書き込みながら、説明を求めるようにちらちらと簑島を見上げた。

「外山さん。申し訳ないんですが、今日は別行動でお願いできますか」

「え。でも……」

外山が困惑した様子で視線を泳がせる。

先ほどの捜査会議でペア組が発表され、簑島は外山と組むことになった。通常、土地勘のある所轄署員が、本庁の捜査官をアテンドする役割を担う。

「無理を言ってすみません」

途方に暮れたような外山の手から、伊武が地図をふんだくる。

「なにも一人で聞き込みしろと言ってるんじゃない。おまえらのぶんはおれがやる。おまえは喫茶店《サテン》でコーヒーでも飲んでろ」

「お、おまえとはなんですか」

伊武に抗議した後で、外山は簑島を見た。

「頼りないでしょうが、この特捜本部が解散するまで、私は簑島さんの相棒です」

相棒、という単語に鼻白《はなじろ》んだように、伊武が小さく笑う。

「なんでしょう。なにかおっしゃりたいことでも」

「いいや。なんも」

「申し訳ありません」

伊武の非礼を、簑島が詫《わ》びた。

外山は不満げだが、それ以上反駁《はんばく》もしない。こぶしを口にあててしばらく考える素振りをした後で、顔を上げた。

「別行動にするなら、理由を聞かせていただけませんか」

「それは……」

言いよどむ簑島をかばうように、伊武が口を開く。

「なんだっていいだろう。やることは変わらない。おまえさんの役割は本庁捜一のフォローなんだから、ミノの邪魔はするな。それだけだ」

ミノ。伊武からはそう呼ばれていた。

「邪魔をするつもりはありません」

「なんやかんや詮索《せんさく》してる。それ自体が邪魔なんだ」

気づけよと言わんばかりの、うんざりとした口調だった。伊武にこういう態度を取られると、たいていの人間ならば怯《ひる》んでしまうところだが、外山は意外に気が強そうだ。

「理由を訊くのは当然です。簑島さんは上からの指示を無視して、任務を放《ほう》り出そうとしています。上にそう報告することだって、できるんですよ」

「姑息《こそく》な真似《まね》を」

心底軽蔑《けいべつ》したような、伊武の口調だった。

「姑息とはなんですか」

「姑息だから姑息だと言ってるんだ。上に告げ口して点数稼ぎか」

「なんだと？」

外山の顔色と口調が変わった。

「図星を突かれたら今度は逆ギレか」

「待ってください」

言い争う二人の間に、簑島は割って入った。

「すみません。外山さんに隠すつもりはないんです。ただ、説明となると時間もかかるので、それはまたあらためて、ということでいいですか」

完全に納得はできないようだったが、外山は頷《うなず》いた。

「わかりました。後で必ず説明してください」

「約束します」

外山に一礼し、簑島は足早に錦糸町署を後にした。

2

簑島を乗せたタクシーが向かったのは、小菅《こすげ》の東京拘置所だった。

タクシーは物々しい面会口の門をくぐり、巨大な要塞《ようさい》を思わせる建物の前で停止した。

面会受付窓口で中込を済ませた簑島は、一時間ほど待ったところで番号を呼ばれた。

ボディーチェックを受け、持ち物をロッカーに預ける。

面会入口の扉を開け、刑務官に続いて廊下を進んだ。こつ、こつ、という自分の足音が、コンクリートの壁に反響する。

その反響が、ふいにやんだ。

少し前を歩いていた制服姿の刑務官が、こちらを振り返る。

「どうしました」

「いえ。なんでもありません」

そう応《こた》える声が震えていた。

刑務官が怪訝《けげん》そうに覗き込んでくる。

「具合でも悪いのでは。顔色がよくないですよ」

「大丈夫です」

行ってください、と簑島が何度か手で促して、刑務官はようやく歩き出した。簑島は眼《め》をぎゅっと閉じ、刑務官に続く。

やがて二人は、面会室の扉の前で立ち止まった。

「こちらです。終わったら声をかけてください」

簑島は肩で一つ息をしてから、面会室の扉を開いた。

両手を広げた長さより少し広いぐらいの、狭い部屋だった。だが奥行きはあって細長い。部屋は透明なアクリル板で仕切られており、アクリル板の向こうにも扉が見える。

パイプ椅子《いす》に座って待っていると、ほどなく奥の扉が開いた。

刑務官に導かれて、長身の男が入室してくる。その瞬間、ぞわりと不快な感覚が、簑島の背筋を撫《な》でた。

刈《か》り揃《そろ》えられた短髪、濃紺のシャツ、白いチノパンといういでたちは、収監中と思えないほど清潔感にあふれている。彫りの深い整った顔立ちも以前と変わらず、加齢や疲労はうかがえない。憎たらしいほど、あのころのままだった。

明石陽一郎《あかしよういちろう》。四件の殺人を犯した罪で、死刑判決を受けた男だった。

明石は簑島を見て、一瞬だけ怪訝そうに眉根《まゆね》を寄せた。誰《だれ》だこいつは。だがすぐに思い出したらしく、不思議そうな顔で椅子を引く。

「あんたはたしか、ミオの……」

「ミオじゃない。真生子《まおこ》だ。久保《くぼ》真生子」

強い口調で訂正しながら、明石の記憶力にひそかに舌を巻いた。簑島は明石のことをよく知っている。だが明石にとって、簑島との接点はほとんどない。

あのときを除いては。

あの、十二年前のほんのわずかな接触で、おれの顔を覚えていたというのか。

「そうだったな。ミオの本名はたしかそんな名前だった。おれはミオとしか呼んでなかったから――」

　突発的に怒りが膨れ上がり、簑島はアクリル板からせり出したカウンターテーブルをこぶしで叩いた。

「……なんでまだ生きてる」

　爆発しそうな感情を堪《こら》えようと、唇を嚙《か》む。

　視線を上げると、明石の整った顔から表情が消えていた。

「なんでおまえみたいな殺人鬼が、衣食住が保証された環境でのうのうと生き永らえてやがる」

「用件はそれか？」

　違う。怒りや恨みをぶつけるために、ここを訪れたわけではない。

「呪詛《じゅそ》をぶつけ続けたいだけならそれでもかまわない。あんたがどういう理由でここを訪れたにしろ、娑婆《しゃば》の人間と話すのは退屈しのぎになる」

　退屈しのぎだと？　ふざけるな。

　簑島が思ったことを口にする前に、明石がぐいと顔を近づけてくる。

「だが興味があるな。なぜいまなのか。あんたと顔を合わせた一審の死刑判決からは十二年、おれの死刑確定から八年、ミオ……いや、真生子さんか、彼女が死んでからは十四年も経《た》つ。その間、あんたはなに一つアクションを起こさなかった。それがいまになって、おれを訪ねてきた。その心境の変化の背景に、なにがあるのか」

簑島は懐から警察手帳を取り出し、アクリル板越しに提示した。

明石がわずかに目を見開く。

「これは驚いた。簑島朗さん。あんた、おれの後輩ってわけか」

「おまえは警察を追い出された人間だ。先輩だとは思っていない」

「あんたがどう思うかは関係ない」

へへっ、という卑屈な笑い声に、舌打ちをかぶせる。

明石が探るような上目遣いになった。

「わざわざ警察手帳《バッジ》を見せるってことは、刑事として来たのか」

「でなきゃ来ない」

明石が唇を曲げ、首をかしげる。

「おれになにを訊きたい」

「共犯者がいたのか」

「なにを言ってる」

「もしくは、犯行の手口を誰かにしゃべったことは」

「なんでいまごろそんなことを──」

「答えろ。共犯者がいたのか、それとも、犯行の手口を誰かに話したことがあるのか」

「模倣犯《もほうはん》でも現れたか」

簑島が硬直し、明石がにやりと口角を吊《つ》り上げる。

「図星みたいだな」

昨日遅く、錦糸町のラブホテル『アリッサ』で女性の絞殺死体が発見された。被害者は板橋区《いたばしく》在住の中島雅美《なかじままさみ》。近くにあるデリバリーヘルス『団地妻横丁《だんちづまよこちょう》錦糸町店』に勤務する風俗嬢で、客からの指名を受けて『アリッサ』に派遣されていた。

死因は窒息死。死亡指定時刻は午前二時から三時の間で、遺体には首のあたりに紐状《ひもじょう》のもので絞められた索条痕《さくじょうこん》があった。特筆すべきは、その索条痕が何重にもなっていたことだ。検視官によれば、犯人は被害者が意識を失いそうになるたびに首を絞める力を緩め、弄《もてあそ》んでいた可能性があるらしい。

『アリッサ』の防犯カメラはダミーだった。フロントは目隠しがされ、客が顔を見られずにキーの受け渡し、料金の支払いができるようになっている。そのためフロント係はキーの受け渡しの際に手もとを見ただけで、犯人の顔は見ていない。また『アリッサ』はラブホテルには珍しく予約を受け付けており、犯行現場となった二〇一号室は前日に予約されていた。予約の電話は『アリッサ』近くの公衆電話からの発信で、『スズキ』という名前と携帯電話番号が伝えられていたが、実際には使われていない番号だった。『スズキ』という名前も偽名と思われる。『団地妻横丁錦糸町店』への中島雅美を指名予約する電話も同じ公衆電話から行われており、通話履歴から犯人を辿《たど》るのは難しそうだ。

明石が畳みかけてくる。

「しかも殺されたのは一人じゃないな。これまでにも、同じ手口で何人か殺されている。

そして警察は、犯人逮捕につながる糸口すらつかめていない。だからあんたはここに来た。自分の恋人を殺した相手に教えを乞《こ》うなんてぜったいにご免だが、そうも言っていられない。屈辱を押し殺し、なにかヒントがつかめるんじゃないかと藁《わら》にもすがる思いで、おれを訪ねてきた。違うか」

この野郎。なんでそんなことまで。簑島がカウンターテーブルの下でこぶしを握り締めたそのとき、ふいに明石が噴き出した。

「なにがおかしい」

「いや。すまない。実はストラングラーのニュースは知っていた」

「なんだと?」

「この半年で四人……いや、このタイミングであんたが来たってことは、ここ数日のうちにもう一人やられたか」

明石の推理通り、中島雅美は『ストラングラー』と呼ばれる連続殺人鬼の、五人目の被害者と目されていた。

「あんた、わかりやすいな。図星を突かれると黙り込むし、すぐに顔に出る」

からかうような笑みを向けられ、簑島は鼻に皺を寄せた。だが、この感情表現こそがからかいの対象なのだと思い、表情を消す。

「被害者は全員が風俗嬢。ホテルでの絞殺、すぐに殺すわけではなく、何度か首を絞める力を緩める、という手口も共通している。そしてストラングラーのものとされるこのところの連続殺人は、十四年前に発生した連続殺人事件と共通項が多い。おれが起こしたとされている連続殺人事件とな。だから、警察の人間が話を聞きに来ることもあるかもしれないと予想していた。もっとも、その警察の人間があんただとは、考えもしなかったが」

「起こしたとされている、だと？　まるで他人事《ひとごと》みたいな口ぶりだな」

怒りを通り越してあきれるしかない。「十四年前の事件を起こしたのは、おまえなんだぞ。おまえが四人を殺した」

「その四人の被害者の中には、あんたの恋人も含まれていた」

かっと全身が熱くなる。だが怒れば相手の思うつぼだ。懸命に感情を押し殺す。

明石が両手を重ね、擦《こす》り合わせる。

「あんた、さっき、おれに共犯者がいたか、あるいは、おれが犯行の手口を誰かに話したことがあるかと訊《たず》ねたな。ということは、ストラングラーの一連の犯行手口において、十四年前の連続殺人で警察が公にしなかった部分までもが模倣されているってことか。だからおれにそんな質問をしたんだよな。ストラングラーがおれの模倣犯だというのは周知の事実だが、警察が公にしていない部分まで模倣することはできない。だが、実際にそれが起こった。ってことは、ストラングラーはおれのかつての共犯者か、うっかりおれが犯行手口を漏らした相手か。いずれにせよ、ストラングラーはおれとつながりのある人間ってことになる」

「ストラングラーなんて呼ぶな」

「堅いこと言うなよ。通り名を与えたら人殺しを調子に乗らせることになるし、殺人鬼を神聖視する者も出てくる。模倣犯も生まれやすい。けどもう遅い。定着してしまったんだ。知ってるぞ。マスコミの報道がストラングラー一色だってことを。おれ自身が外に出ることはできないが、おれには外の事情を報告してくれる支援者が――」

遮って言った。

「質問に答えてもらってない。共犯者がいたのか、あるいは、犯行の手口を誰かにしゃべったことがあるのか」嘲笑《ちようしよう》を挟む。「誰かにしゃべってても覚えてないか。当時のおまえはアル中で、犯行時刻前後の記憶が曖昧《あいまい》だったもんな」

「ああ。覚えてない。当時のおれは酒浸りだった。犯行前後どころか、月単位年単位で記憶がぼんやりしている。それがいまやすっかり健康体だ。クリーンになった。その点だけに限れば、拘置所の暮らしも悪くない」

「明日、刑が執行されて人生が終わるかもしれないけどな」

簑島の皮肉を意に介する様子もなく、明石は身を乗り出した。

「ストラングラーはおれの模倣犯だ。十四年前の連続殺人の手口を真似ている。警察が公にしなかった部分も含めて。だからあんたはここに来た。ストラングラーがおれとかかわりのある人間かもしれない。そう考えて。そうだよな？」

簑島はどこか嬉《うれ》しそうな死刑囚の男を、気味悪そうに見つめる。

「だがこうは考えられないか。十四年前の連続殺人事件も、ストラングラーの仕業だった」

最初は意味がわからなかった。

が、数秒で理解した。同時に血液が沸騰する。

「なにを……！」

「十四年前の事件は冤罪《えんざい》だ。おれはやっていない。あんたに、おれの無実を証明する手助けをしてほしい」

怒りで視界が狭くなる。簑島はいまにも爆発しそうな衝動を、奥歯を食いしばって抑え込んだ。

3

十二年前。東京都千代田《ちよだ》区。

「被告人を死刑に処する」

東京地方裁判所でもっとも大きな一〇四号法廷に、梅原勉《うめはらつとむ》裁判長の宣告が響き渡ったときには、満席だった九十八の傍聴席にちらほらと空席ができていた。冒頭に主文後回しが告げられた時点で、死刑判決をいち早く報道しようとする記者たちが慌ただしく退廷したためだ。通常の判決ならば主文が先に告げられ、その後判決理由の説明となる。だが死刑の場合は逆だ。死刑宣告をされた後にその理由を読み上げられても、動揺した被告人にはその内容が伝わらない。被告人の心理に配慮するための措置だった。

だがそのときの明石陽一郎には、配慮など不要だったかもしれない。風俗のスカウトマンに身をやつしたとはいえ、元は警察官だった人物だ。主文後回しの意味するところは、じゅうぶんに理解していただろう。にもかかわらず、判決理由を聞く態度は、どこか泰然とした雰囲気すらまとっていた。

そのふてぶてしさは、裁判官席にも伝わっていたようだ。

「被告人。なにか言いたいことはありますか」

そう言って発言を促す梅原裁判長の声には、隠しようもない憤りが滲《にじ》んでいた。

それにたいする明石の返答が「ありません」だった。

「犯してしまった罪や、理不尽に命を奪われた被害者、そして残された被害者遺族にたいして、なにも思わないのですか」

裁判長の声は怒りに震えていた。

「私がなにか言ったところで失われた命が戻るわけでもないし、遺族の悲しみが癒《い》えることもない」

「反省はしていない、ということですか」

「記憶がないものは反省のしようがありません。もしもこの場で私が反省の弁を口にしたら、それは嘘《うそ》になる。それとも裁判長は、偽証を勧めていらっしゃるのですか」

「ふざけるな！」

簑島は思わず傍聴席から立ち上がった。

証言台で明石が振り返る。

目が合った瞬間、簑島はぞっとした。明石の瞳《ひとみ》に、なんの感情も宿っていなかったからだ。ただ黒く、周囲の景色を映し出すだけのビー玉。明石はただそこに立ち尽くしているだけの物体。死刑判決を受けたことへの反発も、死刑執行への恐怖も、傍聴席から突如として声が上がったことへの驚きすらも感じさせない、すべてにたいして諦《あきら》めたようなたたずまいだった。あれほど濃厚な虚無をまとった人間と対峙《たいじ》した経験は、後にも先にもあの一度きりだ。

あのとき、簑島は感じた。

これが、人殺しの目だ。他人の生命を軽んじる人間は、自らの生命も軽んじる。人を四人も殺し、死刑判決を受けてなお平然としていられる人間の目は、こんなにも昏《くら》いのだ。

「傍聴人は発言を慎むように」

忘れかけていた職業意識を取り戻したかのような、裁判長の警告だった。

だが当時一介の大学生だった簑島に、そんなものは関係ない。拘置所に移送されて死刑執行を待つ身となる明石にたいして、直接声をかけることのできる、最初にして最後の機会かもしれなかった。

「おまえには人の心がないのか！」

「傍聴人。静粛に。退廷させますよ」

マイクを通した裁判長の声にかき消されてほとんど聞き取れなかったが、明石の唇がこう動いた。

あんたは誰だ。

「おまえに殺された久保真生子の恋人だ！」

「久保……」記憶を辿《たど》るような間があった。「ミオのことか」

「ミオなんていう名前じゃない！　真生子だ！」

「静粛に。本当に退廷させますよ」

「あんたにとってはそうだったんだろうな。だがおれにはデリヘル嬢のミオだ。ミオっていうのは、あいつ自身が選んだ名前だ。あいつは本名の久保真生子でいる時間が嫌いだった。あんた、あいつの抱えている闇《やみ》を照らしてやろうとしたことはあるのか。あいつの寂しさに気づいてやろうとしたことはあるのか。そうやって現実から目を背けていればいい。自分の女が、夜な夜な知らない男に股《また》開いてたって現実から」

ほとんど無意識に、明石に飛びかかろうとしていた。

だが柵《さく》に片足をかけたところで、駆けつけた警備員に羽交い締めにされた。

いったんは近づいた明石の虚無の表情が、急激に遠ざかる。

「畜生！　離せ！　殺してやる！」

「あんたが殺さなくてもいずれ刑は執行され、おれは首を吊られる」

明石の声が飛んできて、全身が発火しそうだった。

「被告人も黙りなさい」

もはや裁判長の注意も無意味だった。法廷全体が騒然となっていた。

警備員二人がかりで引きずられるように退廷させられながら、簑島はかたときも明石から目を離さなかった。


「あのときのあいつの顔。虫けらでも見るような、あいつのあの目……いまだによく覚えています」

簑島は自嘲《じちょう》の笑みとともに、紫煙を吐き出した。昼間は穏やかだったのに、いまは空気が湿り、風も少し出てきている。明日は雨かもしれない。

隣で手すりにもたれる外山が、複雑そうな表情で缶コーヒーを啜《すす》る。ジャケットの袖《そで》が長すぎて、やはり背伸びした中学生のようだ。見た目の印象通り、缶コーヒーも砂糖が多く入っているものを選んでいた。

「だから東京拘置所に……」

「ええ。だけど、無駄足でした。なにか収穫があればと思ったんですが」

苦笑しながら、視線を上げた。「ここ、眺めが良いですね」

ちょうど正面に東京スカイツリーが見える。東京の薄明るい夜空をバックに、ぼんやりと全体が青い光を放っていた。

「私もお気に入りの場所です。一般開放されたら、良いデートスポットになるでしょうね」

だが外山の言うようにこの場所が一般開放されることは、けっしてない。二人がいるのは、錦糸町警察署の屋上だった。

東京拘置所で明石との面会を終えた簑島は、一人で聞き込みをしていた外山と合流し、その後は二人での聞き込みを行った。予想通りというべきか、さしたる成果もえられないまま夜になり、錦糸町署での捜査会議に出席することになったのだった。

「明石は無実を訴えたんですよね」

眼下の道路を大型トラックが通過する。そのエンジン音に声がかき消されないよう、外山が声を張った。

「そうです」

思い出してもはらわたが煮えくり返る。

――十四年前の事件は冤罪だ。おれはやっていない。あんたに、おれの無実を証明する手助けをしてほしい。

どの口がそんなことを。

「明石の主張が事実という可能性は……」

簑島の表情の変化に気づいたらしく、外山が言葉を切る。

簑島はつとめて冷静に応じた。

「まさか。やつはガチガチのクロです。自宅アパートから凶器のロープが発見されています。そのロープからは、四人の被害者の体液や皮膚片、毛髪などが検出された」

「そうでした。たしか別件の傷害事件で、アパートの家宅捜索が行われたんでした」

「よく覚えていらっしゃいますね」

少し驚いた。

「実は私、当時明石の住んでいた、永福町《えいふくちょう》のアパート近くの派出所に勤務していたんです」

当時？

簑島はまだ学生だったのに、外山は派出所勤務？

「失礼ですが外山さん、おいくつですか」

「私ですか。私は来年ついに四十になります」

絶句した。はにかみながら自分の頭を撫でる外山は、とてもそんな年齢に見えない。簑島より七つも年上だ。

「そうだったんですか。てっきり年下とばかり……」

若々しいというより幼い印象の見た目と、刑事課に異動になったばかりという自己紹介から、年下の後輩と決めつけていた。無意識に所轄の刑事を下に見ていたのかもしれないと自戒する。

「気にしないでください。いつもそうです。この見た目だから、市民にもよく舐《な》められる。刑事になったことだし、今後は髭《ひげ》でものばしてみようかな。少しは貫禄《かんろく》が出ますかね」

外山が苦笑しながら自分の顎を触った。

その童顔に髭はアンバランスだと思ったが、黙っておく。曖昧な笑みを返し、話題を戻した。

「明石のアパート近くの派出所にいらしたんですか」

「ええ。明石が住んでいたのは私の勤務先の派出所の隣町でしたが。それでもやつの逮捕時には、大騒動になりましたからね、事件のことはよく覚えています。たしか、逮捕のきっかけになった傷害事件は、新宿《しんじゅく》のゴールデン街で発生したものでした」

「そうです」

「相手も今で言う半グレみたいなやつで、目撃証言によれば、むしろ被害者のほうが明石にしつこくつっかかって返り討ちにされたと聞きました。ようするに、ただの酔っぱらい同士の喧嘩《けんか》です。にもかかわらず、明石の家宅捜索が行われた」

「ええ。捜査本部がもともとマークしていたから、という話ですね」

別件逮捕というやつだ。捜査本部には、明石が犯人であるという確信があったらしい。しかしながら、別件で逮捕しないとどうにもならないほど、物証が乏しかったのだろう。家宅捜索はなんとしても次なる被害者を生み出すまいとする捜査本部にとって、大きな賭《か》けだった。そしてその賭けに勝利した。家宅捜索の結果、明石のアパートから凶器のロープが見つかった。

「実は、明石が犯行で使用したロープと、今回のストラングラーの事件で使用されたロープは、同じメーカー製でした」

「本当ですか」

外山が目を丸くする。

「ええ。明石が殺害に使用したロープのメーカーについては、公表されていません。公判でも、そこに言及される場面はありませんでした」

「だから明石に面会に……」

眉をひそめながら、外山が缶に口をつける。だが思ったほど中身が残っていなかったようだ。上体を反らし、缶を逆さまにしてぽんぽんと上下に振った。

外山の姿勢が戻るのを待って、簑島は口を開いた。

「でも実際に面会してみて、少し頭が冷えました。おれの中では十四年前の事件を消化したつもりだった。でも違ったみたいです。おれは、まだ過去に囚《とら》われていた。だから伊武さんは、あえておれを行かせたんだと思います」

「伊武、さん……」

初対面の印象は良いものではなかったようだ。外山がわずかに顔を歪《ゆが》める。「あの人はぜんぶ知っていたんですね」

「おれの師匠みたいな存在ですから、ぜんぶ話しています」

伊武には、明石への面会が無駄足に終わるのがわかっていた。だがいくら口で言って聞かせたところで、意固地な後輩は納得しない。だから任務を肩代わりしてまで、簑島を束京拘置所に行かせたのだ。

「ぜんぶ……」

皆まで言わなかったものの、外山がなにを言いたいのかはわかる。簑島は先回りして答えた。

「全部です。明石に殺された四人の被害者のうちの一人が、おれの恋人だったことも、その恋人が、おれに内緒でデリヘル嬢やってたことも、ぜんぶ知ってます」

煙草《たばこ》をひと吸いし、続ける。

「当時はショックでした。真生子は大学の同級生でした。一人暮らしのアパートを訪ねたこともあったけど、とくに派手な生活をしているふうでもなかった。死んだという事実だけでも信じられなかったのに、他殺で、殺されたのがラブホで、しかもデリヘルで働いていたなんて、情報量が多すぎて、受け入れられなかった」

外山が痛ましげに目を細める。

「でも、いまとなっては過去のことだと割り切ったつもりでした。犯人も逮捕され、死刑も確定した。もう終わった事件です。そのつもりだったんだけどな……」

簑島は苦いものを飲んだように顔を歪めた。

「しかし、ロープのメーカーが同じだったんですよね」

「捜査会議で遺体の写真を見たときに、すぐにピンと来ました。明石が使用していたのと同じ、大阪の、おもに梱包《こんぽう》資材を作っているメーカー製のものです」

「索条痕でわかるんですか。しかも、写真で」

「写真だからわかるんです」

思いがけず力説していたらしく、外山が少し驚いたように身を引く。

「明石の事件の捜査資料は、何度も読んでいます」

そして資料に添付されていた、恋人の遺体写真も。

「簑島さん。あなた、まさか……」

外山は言葉を切ったが、その眼差《まなざ》しはこの上なく雄弁だった。

「かもしれません」簑島は素直に認めた。「明石が逮捕されて事件は解決したけれど、おれにとって事件は終わってなんていなかった。だから警察官を志望したのかも。でも、終わったんですよね」と、手すりから身を乗り出す。

「十二年前、法廷で明石に言われたことは正しかった。悔しいけど、それについては認めざるをえない。おれに見えていなかっただけなんです、付き合っていた女性の、裏の顔が。真生子はおれに内緒で、風俗で働いていた。おれはそれに気づかなかった。誰にでも秘密はある。それだけです」

簑島が笑いかけると、外山は困ったように顔を歪める。

「外山さん。刑事課の前は生活安全課だとおっしゃいましたよね」

「はい」

「だったらおわかりじゃないですか。この東京には信じられない数の風俗店が存在して、その何倍もの数の女性が働いている。若い学生が遊ぶ金ほしさにデリヘルでバイトするなんて、いまや珍しくもない」

「ええ。まあ……」

居心地悪そうに肩をすくめ、外山が話の筋を戻す。

「とはいえ明石の起こした事件との関連性も、検討してみる価値があるのでは」

「いや。おれがそう思いたかっただけです。たしかに、明石の事件と今回の事件で使用されたロープのメーカーは同じです。それは間違いない。とはいえ、それ自体はホームセンターでよく扱われていて、とくに珍しいものでもありません」

「しかし、ホテルに呼び出した風俗嬢を絞殺するという手口も共通しています」

簑島は曖昧に顔を歪めた。

「今回の事件のホシは、明らかに明石を意識しています。明石の模倣犯です。けど、それ以上でも以下でもない。ロープのメーカーが明石の使用したものと偶然一致した……あるいは、ロープのメーカーについての情報がどこからか漏れていた可能性もあるかもしれませんが、ホシは少なくとも、明石と直接つながりのある人間じゃない」

「明石が主張したように、十四年前の事件が冤罪という可能性は――」

語気を強めて言葉をかぶせた。

「あるわけない」

「なぜそう言い切れるんですか」

「死刑は確定しているんです」

言葉に憎悪がこもっていたのに気づき、我に返る。「すみません」

「いえ。こちらこそ申し訳ありません。捜一の刑事さんにたいして」

「立場は気にしないでください」

「簑島さんのおっしゃる通りです。確定した判決にいちいち異議を唱えていたら、きりがない」

とりなすような外山の笑みに、簑島は思う。

ほら見ろ。やはり明石のこととなると、おれは冷静さを失ってしまう。

「今日は勝手な行動をして、本当にすみませんでした」

「大丈夫です。捜一のサポートが、私たちの役目ですから。気にしないでください。こちらこそありがとうございます。そういう話をするのは、お辛《つら》いでしょうに」

そろそろ戻りますか、と外山が手すりから離れる。

「先に行ってください。おれはもう一本吸ってから行きます」

「わかりました」

外山が去り、簑島は新しい煙草に火を点《つ》けた。

4

「ここ……ですね」

外山がマンション名のプレートと手帳のメモを見比べる。

「行きましょう」

簑島はアプローチの短い階段をのぼり、エントランスをくぐった。いまどきオートロックもない、古いマンションだ。エレベーターの上昇時にも箱全体が軋《きし》むような音がする。

四階で降り、廊下を突き当たりまで歩いた。

「四一二号室。ここで間違いありません」外山が頷く。

部屋番号のみで表札はない。簑島がインターフォンの呼び出しボタンを押そうとしたとき、扉が開き、大きなトートバッグを提げた女が出てきた。茶色く染めた髪の毛の根元が黒くなった、三十過ぎぐらいの痩《や》せた女だ。

「誰？」

女はスーツ姿の二人の男に、警戒を顕《あら》わにした。

「警察です。店長さん、いらっしゃいますか」

外山の開いた警察手帳に、女が目を丸くする。

そのとき、部屋の奥から男の声がした。

「シオンちゃん。大丈夫だよ。アズサのことで話を聞きたいって連絡があったんだ」

「アズサの……？」

女はなおも疑わしげにしながらも、逃げるように立ち去った。

入れ替わりに、半分ほど白くなった髪の毛をオールバックにした、五十歳ぐらいの男が出てきた。

「水野《みずの》さん、ですか」

外山の質問に、男は猪首《いくび》をすくめるように頷いた。

Tシャツにハーフパンツというラフな格好をしている。仕事柄、客と顔を合わせる機会はないだろうが、それでも「店長」という肩書きの響きからはかけ離れた印象だった。

「そうです。あなたが外山さん？」

「はい。電話でお話しました、錦糸町署刑事課の外山です。こちらは警視庁捜査一課の――」

「簑島です。お忙しいところすみません」

「いいえ。いまお昼ご飯食べていました。どうぞ上がってください」

水野が口をもぐもぐと動かしながら手招きをする。

簑島と外山は玄関に入り、靴を脱いだ。

廊下が真っ直《まっす》ぐにのびており、突き当たりに扉がある。ほかに右手には扉が二つ。そのうち手前のほうはバスルームのようだ。左手にキッチン。間取りは2LDKだろうか。若い夫婦と幼い子供一人ぐらいの家族構成だと使い勝手がよさそうな、ごく普通のマンションだった。近隣住民はここが風俗店の待機所になっているのだと知っているのだろうか。

水野は廊下の右手にある二つ目の扉を開き、「散らかってるんですけど」と笑った。そして奥の扉のほうに呼びかける。

「みんな、少し静かにしててね。刑事さん来てるから」

「はぁい」とやる気のなさそうな返事があった。

通された部屋は、四畳半ほどの広さだった。自己申告に偽りなしで、本当に散らかっている。「事務所」という雰囲気を感じさせるのは壁際に設置されたデスクとチェアぐらいなものだが、そのデスクの上にも、マンガ雑誌やコミックスが山積みになっていた。

部屋の中央に置かれた炬燵《こたつ》が、いまではメインの執務デスクとなっているようだ。ノートパソコンのほかに、シフト表のようなものが見える。昼食を摂《と》っていたというのは事実らしく、食べかけのコンビニ弁当やペットボトルの炭酸飲料が広げられていた。

「適当に座っちゃってください」

そう言われても、雑誌や衣類が散乱していて足の踏み場もない。

すると外山が、なんの躊躇《ちゅうちょ》もなく足で衣類を押しのけて二人分の空間を作った。

さあ、どうぞ、という感じににっと笑いかけてくる。

簑島は外山とともに腰をおろし、床に胡座《あぐら》をかいた。

「食べながらでいいですか」

水野が了解を求める。

「もちろんです。お食事の邪魔をしてすみません」

この食事は昼食だろうか、それとも夕食だろうか。午後四時をまわったところだった。

まさか食事中だとは。

「アズサを殺した犯人、捕まりそうですか」

水野が白飯を頬張《ほおば》りながら訊く。

「一日も早く逮捕できるように努力します」

外山がおきまりの返事をし、質問を促すようにこちらを見た。

「中島雅美さんは、いつからこちらのお店に勤務されていたんですか」

水野がアズサと呼ぶのは、錦糸町のラブホテルで殺害された中島雅美のことだった。

中島雅美は錦糸町の『団地妻横丁錦糸町店』のほか、高田馬場《たかだのばば》の『ラブミーガール』、神奈川県川崎市《かわさき》の『ぽちゃぽちゃＣＬＵＢ』というデリバリーヘルスに、それぞれ異なる源氏名《げんじな》で在籍していたことが判明した。簑島たちが訪ねているのは高田馬場の『ラブミーガール』の事務所だ。

「在籍は二年……ぐらいかなあ。ただ、そのうち熱心に出勤してたのは半分ぐらいですけど。なんか、途中一年ぐらい、来なくなった時期があったんです。最初は風邪《かぜ》引いたとか生理になったとかで急に休むことが増えて、そのうちまったく出勤しなくなっちゃって。この業界では珍しいことでもないから、いつか戻ってきてくれればいいかなという程度に考えていたんですがね」

「出勤しなくなった一年というのは、だいたい、いつからいつまでですか」

簑島は訊いた。

「昨年の夏前ぐらいですかね、完全に来なくなったのは。春先ぐらいからドタキャンされることが増えてきて、こっちもあてにしなくなっていたんです。最初はおだてたりなだめたりしてご機嫌を取っていたんですが、予約が入っていようがおかまいなしにドタキャンするものだから、いよいよ限界かと思い始めて、出勤を催促することもしなくなりました。あまりつけ上がらせると、ほかの女の子にも影響が出ちゃいますからね。そしたら来なくなって……男でもできたかなと思ってたんですよ」

「中島さんに男がいたんですか」

逸《はや》る気持ちを抑えきれないといった、外山の口調だった。

が、水野は割り箸《ばし》を持ったまま右手を振る。

「いや。そう思ったというだけの話です。こういう仕事をしているのは、依存心が強い女の子が多いですから。男ができたらすぐにやめちゃいます。で、別れたら戻ってくる」

「一般論ってことか」外山は落胆を滲ませながら、こちらを向いた。

「てっきり男がいたのかと早とちりしてしまいました」

被害者のスマートフォンを解析したところ、特定の交際相手がいたことを示すような通話やメールの履歴は見つかっていない。友人も少なかったようで、通話履歴のほとんどは勤務先のデリバリーヘルスで占められていた。

「そこらへんのプライベートな事情は、私にはわかりません。とにかく彼女がまったく出勤しなくなって、そろそろホームページからも名前を消そうかと思っていた春先、三月頭ぐらいですかね、急に電話がかかってきて」

「三月頭……先月ですね」

外山が壁にかけられたカレンダーにちらりと視線を向ける。

「中島さんには、馴染《なじ》みの客がいましたか」

簑島は訊いた。

「いやあ」と水野が首をひねる。「先月復帰したばかりですから。それも週二日ぐらいの出勤でしたし、出勤してもお茶を挽《ひ》くだけの日もあったぐらいだから、馴染みというほどの客は、いませんでした。馴染みならうちじゃなくて、よそじゃないですか」

「それは、中島さんがおたくと並行して在籍していた、錦糸町と川崎の店舗のことですか」

「ええ。錦糸町の『団地妻横丁』さんには、ずっと出勤してたんでしょう？　妙だなとは思いましたけど」

「なにが、妙なんですか」

「いやほら。うちの店に出勤しなくなったのは、てっきり男ができたからだとばかり思ってたんだけど、別の店には出勤してたんですもんね。じゃあ、男じゃなかったのかなって。

詳しいことは訊きませんけどね。いろいろあるだろうし」

「こちらで中島さんを指名していた客は、彼女がほかのお店で働いているのを知っているんでしょうか」

簑島のその質問に反応したのは、外山だった。

「それは彼女次第じゃないですか」

「ええ。おっしゃる通りです」と水野も頷く。

「私は知っていました。けれどお客さんは普通なら知りようがありません。うちとほかのお店では源氏名も変えていたようだし、ホームページに掲載している写真だと、顔にはボカシを入れています。かなり修正しているから、知り合いが見ても本人と特定するのは難しいと思います」

私がこういうことを言うのはなんですけど、とばつが悪そうに笑う。

「けど本人が話すのなら別です」

「中島さん自身が、ほかのお店にも在籍していることを、客に話すということですか。そういうことは、よくあるんですか」

「禁止はしています。よその店に誘導されたり、裏引きされたりしたらたまったものじゃないですからね」

「裏引き？」

「店を通さずに客と直接取引することです」外山が説明してくれた。「通常だと、客の支払った料金のうち六、七割が女の子の取り分になります。裏引きすればそれが十割になるんです。ご法度《はっと》とはいえ、いるんですよ、やっぱり」

「ええ。裏引きは金を払ってもらえなかったり、客がストーカーになったりと危険なことも多いんですが、深く考えずにやっちゃうみたいです」

水野が頷く。

「この店のマージンは、どれぐらいですか」

外山が訊いた。

「うちはフリーだと五割、指名なら七割バック。本指名料は一〇〇％バックです」

水野の口調がやや誇らしげなのは、気のせいではなさそうだ。

外山が言う。

「かなり好条件です。『団地妻横丁』のほうがどうなのかは知りませんが、バックの条件がここ以上ということはないでしょう。だからこそ、被害者もこの店に復帰したのかもしれません。よそでやってみたはいいものの、ここのほうが、条件がよかった、ってところかな」

その後、三十分ほど話を聞いて、『ラブミーガール』の入ったマンションを後にした。

被害者を指名した数人の客の連絡先を入手できたものの、頻繁に被害者を指名していたという客はいない。収穫というほどのものではなさそうだ。

エントランスを出たところで、外山が笑った。

「簑島さん。真面目《まじめ》なんですね」

「えっ？」

「裏引きの意味をご存じなかったから」

「あ、ああ。外山さんはお詳しいみたいでしたね」

「もともと生活安全課ですから」

そうか。詳しいのは当然だ。

「複数の店舗に在籍するというのは、よくあることなんですか」

「とくに珍しいことでもないです」

外山はこともなげに言った。

「なにかメリットがあるんですか。素人考えでは、もっとも条件の良い店舗にだけ、勤務していればいいように思うのですが」

「まあ、そうですね。とくに無店舗型の風俗だといつお店がなくなるかわからないので、複数店に在籍してリスクを分散するとか、いろいろ理由は考えられますが……結局のところ、業《ごう》みたいなものじゃないですかね」

「業、ですか」

「はい。ああいう仕事に就く女性というのは、お金が欲しかったり、お金に困っていたりするのがその動機だと思われがちですが、それだけじゃないんです。寂しいんですよ。心の内側に穴ぼこを抱えてるんです」

「穴ぼこ……」

「そう。穴ぼこです。それを埋めるために、誰かとつながったり、誰かに求められたいと願っている。けれどあまりにも不器用すぎて、上手《うま》く人との関係が築けない。だから風俗に流れ着く。心が弱いんです。薬に頼ったり、自傷癖のある子も多い。端《はた》から見れば性欲の捌《は》け口《ぐち》にされているだけでも、彼女たちにとっては人から求められている。さっき、店長も言ってたじゃないですか。こういう仕事をする女性は依存心が強いって」

外山が先ほどのマンションを振り返る。

「勤務先を一店舗に絞ったほうが効率的ですが、そうやって割り切れない子は多いと思います。いまやめられたら困ると店長に泣きつかれたら思いとどまってしまうし、うちでも働いて欲しいとスカウトマンに押されたら複数店舗を掛け持ちしてしまう」

簑島は胸が痛んだ。真生子もそうだったのだろうか。内緒で風俗に勤務するなんてと、一方的に責めることができたらどんなに楽だろう。真生子が風俗嬢だったと聞かされたとき、裏切られたという憤りはもちろんあった。だが同時に、彼女の寂しさを埋められなかったという自責の念も、頭を掠《かす》めた。真生子は貧しい出ではなかったし、金に困っている様子もなかった。派手に遊ぶこともなかったし、自宅アパートで高価なブランド物のバッグやアクセサリーを見たこともない。金が欲しくて風俗で働いていたわけではなかったはずだ。自分が満たしてあげられなかったせいではないのか。真生子が風俗嬢になった原因は、自分にもあるのではないか。

「どうされました？」

外山に覗き込まれ、簑島は我に返った。

「なんでもありません。少しボーッとしてしまいました」

「お疲れじゃないですか」

「平気です。まだ特捜本部設置から三日目です。いまの段階で疲れたなんて言ってられません」

「それもそうですね。まだまだ先は長い」

外山は笑いまじりの口調を保ったまま続ける。

「ところで簑島さん。さっきからアロハを着た金髪のチンピラにつけられていますが、お知り合いですか」

「えっ……？」

反射的に振り向いてしまいそうになり、自制する。

前方に路上駐車している乗用車があったので、その横を通過するときにさりげなくサイドミラーで後方を確認した。外山の言う通り、金髪をいまどき珍しいリーゼントに固めたチンピラふうの男が、十メートルほど後ろを歩いている。

偶然同じ方向に歩いているだけじゃないのか。そんな疑問が顔に出ていたらしい。外山が言う。

「マンションに入る前からつけられていました。そのときはたまたま同じ方向に歩いているだけかと思ったんですが、出てきた後もいるので、どうやら間違いありません」

今度は曲がり角に設置されたカーブミラーで後方を確認する。

「どうですか。見覚えありますか」

あくまで無関係な雑談を装う、外山の笑顔だった。

「知らない顔です。なんで……」

なぜ自分たちをつける必要があるのか。考えてみても、心当たりがない。

「本人に直接訊いたほうが早いと思います」

住宅街の角を曲がったところで、外山が素早くマンションの外壁に背をもたせかける。

簑島もそれに倣《なら》った。

ほどなく、金髪の男が角を曲がってやってきた。

簑島たちの目の前を通過し、追跡対象を見失ったと思ったようだ。ぴたりと歩みを止める。

「どうしました？」

外山が壁から背中を剝《は》がし、金髪の男に歩み寄った。

「え？　あ、いや、別に……」

金髪の男が動揺しているのは明らかだった。

「おまえさ、おれたちのことをつけてたよな」

外山がドスの利いた声を出した。

「いいえ。まさか」

金髪の男が顔の前で手を振る。

「しらばっくれてるんじゃないぞ。おまえがずっとおれたちをつけまわしてるのを、こっちは見てたんだ」

外山がいきなり金髪の男の胸ぐらをつかんだので、簑島はぎょっとした。

「外山さん！」振り返った外山の顔は紅潮していた。

「落ち着いてください」

「そうだよ。落ち着いて――」

金髪の男が口を開いた瞬間、彼の身体が外山のもとにぐっと引き寄せられる。

「なにするんだ。苦し……警察がこんなことしていいのかよ」

「なんでおれらが警察だと知ってる」

金髪の男がはっとした顔になった。

「外山さん。もういいでしょう」

簑島は外山の右腕をつかんだ。

「いいや。こういうやつには言って聞かせてもわからない。痛い目見せて身体でわからせてやらないと」

外山がこぶしを振り上げる真似をして、金髪の男が、ひいっと悲鳴を漏らす。

「つけてたよ！　認めるよ！」

「なんでつけた」

「その人に……簑島さんに接触する機会をうかがっていたんだ！　明石さんに頼まれて！」

「は……？」

ようやく外山が力を緩めたようだ。金髪の男が後ろに飛び退《の》くようにして逃れる。

いまの聞きましたか、という感じの外山の顔が、こちらを見た。

聞いた。この男は、十四年前に簑島の恋人を殺した死刑囚の名前を口にした。その男に頼まれて、と言った。

呆然《ぼうぜん》とする刑事たちの前で、金髪の男は自分の胸もとに手をあててしきりに咳《せ》き込んでいた。

5

ＪＲ高田馬場駅近くの喫茶店に入った。若者がごった返すチェーン系ではなく、レンガ造りの外観が落ち着いた雰囲気の、古くからある純喫茶というたたずまいの店だ。

「で、なんでおまえが明石に頼まれる」

テーブルから身を乗り出す外山は、いまにもふたたびつかみかかりそうだ。

「水ぐらい飲ませてくれないか」

アロハシャツの胸もとをパタパタとさせながら、金髪の男が運ばれてきたグラスの水をがぶ飲みする。そしてテーブルの上に置かれたメニューを覗き込みながら「この、特製モンブランってやつも頼んでいい？」と訊いてきた。

「調子に乗るな」

外山がまなじりを吊り上げる。

「まあ、それぐらいはいいじゃないですか」

簑島は言った。外山がいきなり胸ぐらをつかんだという負い目もある。

ところが当の本人には、悪びれたところが欠片《かけら》もない。

「簑島さんは意外と甘いですね」と不満そうにしている。簑島からすれば、外山の暴力性のほうが意外だった。見た目のわりに気が強いと思っていたが、ここまでとは。

コーヒーを三つと、モンブランを注文した。

「明石に頼まれたと言っていたが、どうやって」

簑島の質問は、鼻で笑われた。

「面会に決まってるだろ。死刑囚がメールや電話できると思ってんの」

「おまえなんだ、その口の利き方は」

いきり立つ外山の肩に手を置き、簑島は訊いた。

「明石に面会してるのか」

「ああ。刑務官に意地悪されて会えないこともあるけど、月一ぐらいは行ってる」

定期的に会っているということか。

「きみはいったい何者だ」

「おれは望月翔太《もちづきしょうた》だ」

素早く身を乗り出した外山が、望月と名乗った金髪男の頭を叩く。止める間もなかった。

「馬鹿野郎。簑島さんは名前を訊いてるんじゃない。おまえが明石とどういう関係なのかって訊いてるんだ」

「いってえな。叩くことないだろ」

望月が自分の頭をさすり、恨めしげに外山を見る。「若いころ世話になったんだよ」

「若いころ？　明石が逮捕される前か」

簑島の言葉に、望月はかぶりを振った。

「もっと前。あの人が警察《サツ》だったころ」

「そんなに前から？　明石が警察官だったのは、たしか――」

簑島が答えを導き出す前に、望月が答える。

「十六、七年前ってところじゃないかな。おれはまだ中坊だった。いろいろやんちゃしてさ、半グレみたいな連中の小間使いをやってた。明石さんがいなかったら、おれはいま堅気じゃなかったかもしれない」

「そのナリで堅気だってか」

「あんたこそ、その乱暴な態度で刑事だっていうのかよ」

「ああん？」

外山が腰を浮かせる気配を察して、簑島は彼の肩に手を置いた。

「おれに接触してどうするつもりだ」

「明石さんから伝言を頼まれた」

「伝言？」

外山が怪訝そうに目を細める。「どういう内容の」

望月が困惑を浮かべた目でこちらを見る。

「簑島さんが、一人になるタイミングをうかがっていたんだけど」

「おれが邪魔だってのか」

外山に声をかぶせた。

「かまわない。明石に面会したことも、その理由も、外山さんにはすべて話している」

「ほら。簑島さんもこう言ってる」

「簑島さんだけに伝えろって言われたんだ」

「つべこべ言ってないで早く教えろ。刑務官付きの面会なんて、どうせたいしたこと話せないだろうが」

なおも顔を歪め、リーゼントを整えるように髪の毛をなでていた望月だったが、やがて
「わかったよ」と頷いた。

ちょうどそのとき、注文の品が運ばれてきた。

望月は店員が去るのを待ち、モンブランをフォークで崩しながら口を開く。

「また会いに来てくれ……って」

「なに？」という簑島の声よりも、「なんだと？」という外山の反応のほうが大きかった。

「会ってなにしようって言うんだ」

前のめりになる外山に、望月は困惑した様子だ。

「あんたには関係ない」

「関係ないことがあるか。ぜんぶ事情は聞いている。それに、いま明石に会いに行くってことは、こっちの捜査の手を止めるってことだ。それだけの価値があることなのか」

「だから簑島さんが一人のときに話したかったのに」

望月がうんざりした顔つきになる。

「なんだとこの野郎」

「待ってください」

簑島はやや強い調子でたしなめた。「おれに話をさせてもらっていいですか」

「あ。ええ。すみませんでした」

外山が我に返った様子で肩をすぼめた。

簑島はあらためて望月に訊いた。

「明石がおれを呼びつける目的はなんだ」

「手助けをして欲しい」

「手助け？」

外山が訊き返す。

「ああ。明石さんの無実を証明するための手助け。簑島さんなら力になってくれるかもしれないって、明石さんが」

胸がむかついた。あいつ、まだそんなことを。

「根拠は。協力を要請するってことは、明石は無実だという確信があるんだな」

「ああ。ある」

思いのほか力強い頷きが返ってきた。

「明石はアル中で、酒に酔っての暴行や傷害でたびたびトラブルを起こしていた。逮捕のきっかけになったのも、酔った上での喧嘩だ。その傷害事件の捜査で家宅捜索が行われ、アパートから凶器のロープが見つかっている。被害者四人全員が明石からスカウトされており、日ごろから悩みごとを相談するなど、明石とはかかわりが深く、電話やメールでやりとりしていた。うち一人とは、殺害直前にアポイントを取ったことがメールの履歴から判明している」

「アポイントは取ったけど、会ってはいない」

「それならそのときどこでなにをしていたのか、明石は答えられたか」

ぐっ、と言葉を喉《のど》に詰まらせる気配があった。

「この場できみと議論するつもりも、きみを言い負かすつもりもない。おれが知りたいのは、きみが明石の無実を信じる根拠だ」

簑島は感情を均《なら》すように、平坦《へいたん》な口調で言った。

「それは……」望月が言葉を探すように一点を見つめる。「明石さんは人殺しなんてするような人じゃない」

「ああ？」

外山が声を上げ、簑島は長い息を吐いた。

「心証だけか」

全身から力が抜けそうだった。

明石を信じかけたわけではない。だがもしも真犯人が別にいたのなら、無実の人間が絞首台に送られようとしているのなら、という思いは、わずかながらあった。明石を憎んでいるが、それは明石が恋人を殺害した男だからだ。真実が違うのであれば、明石を憎む道理はない。

「あの人はたしかにキレやすいし、すぐ殴るし、アル中でどうしようもない人間だけど、遊びで何人も殺すような人じゃない。おれはあの人を信じてる。あの人の心の中身は、すごくあったかいんだ。そういうぬくもりを抱えている人なんだ」

望月の熱っぽい演説を聞きながら、簑島は逆に心の芯《しん》が冷え冷えとしていくのを感じた。

「頼むよ。明石さんの力になってくれ」

簑島は立ち上がった。

「外山さん。出ましょう」

「は、はいっ」

外山が慌ただしくコーヒーを飲み干す。

「待ってくれ」

望月が中腰になり、腕をつかもうとしてくる。

その手を避け、簑島は言った。

「きみがどれほど明石に世話になったのかは知らない。きみにとっては、明石は人殺しなんかするような人間じゃないんだろう。けど、おれにとって明石は冷酷な殺人鬼だ。手助けはできない」

「でも――」

「くどい」

簑島の剣幕に、望月が両肩を跳ね上げた。

「やつは殺人鬼だ。死刑判決も確定している。それが事実と異なるというなら、こちらが納得するだけの証拠を示してくれ」

行きましょう、と外山を促し、テーブルから離れる。

「待ってくれ。このまま帰られちゃ明石さんに申し訳が立たない」

もはや耳を貸すつもりはなかったが――。

「本当は簑島さんが一人になったときに話そうと思ってたんだけど、もう言うよ。明石さん、言ってた。冤罪証明に手を貸してくれれば、いま簑島さんが手がけている事件の犯人を教えるって」

簑島と外山は立ち止まった。

6

面会室に入ってくるなり、明石は勝ち誇ったような笑みを浮かべた。すべてが自分の思惑通りに運んでいる。ほら見たことか。あんたはおれの話を聞かずにいられない、興味を抑えられないんだと、相手の内心を見透かしたような、意地悪そうな笑顔に、簑島には思えた。

「よかった。来てくれたか」

しらじらしい。最初からこうなることを確信していたくせに。

「犯人の名前は」

単刀直入に訊いた。無駄話をするつもりはない。

望月によれば、明石はストラングラーの正体を知っている。当初簑島の睨《にら》んだ通り、ストラングラーは明石に近しい人物だったのだろうか。犯人の名前を教えるので、東京拘置所にふたたび面会に来いと伝言された。

だが。

「知らない」

涼しい顔でそう言われ、かっとなった。

「いい加減にしてくれ。おれだって暇じゃない。おまえが犯人の名前を教えるって聞いたから、こうやってやってきたんだ」

「犯人の名前を教えるとは言っていない」

一瞬の沈黙。

「ふざけるな。なんのつもりでこんな真似——」

「まあ待ってくれ」簑島の吐き捨てるような口調とは対照的な、平板な明石の口調だった。

「おれは犯人の名前を教えるとは言っていない。犯人を教えると言ったんだ。望月がおれの言葉を正確に伝達しているのなら、あんたにもそう伝わっているはずだが」

簑島は記憶を反芻《はんすう》した。望月はたしかに、明石が「犯人を教える」という言い方をしていた。「犯人の名前を教える」とは言っていなかった。だが、両者の違いはなんだ。明石はなにを意図している。

軽く身を乗り出した明石が、種明かしをする。

「捜査に協力したい」

「なっ……」

全身の産毛が逆立つ感覚があった。「なんだと？」

奥二重の眼差しと見つめ合う。真意を推し量ることはできない。

悔しいことに明石のほうには、おそらく簑島の内心の波立ちが伝わっている。仕掛けた悪戯《いたずら》の反応をうかがうような笑みが、その事実を物語っていた。

「おれは警察の捜査に協力する。その代わり、あんたはおれの冤罪証明に手を貸す。それでどうだ」

しばらく唖然《あぜん》としていた簑島だったが、我に返って唇を曲げた。

「交渉のつもりか。話にならない」

「あんたらはストラングラーの犯行を止めたい。ストラングラーを捕まえれば、おれの冤罪が証明される可能性が高い。Ｗｉｎ－Ｗｉｎだと思うが」

「冤罪じゃない」

「司法がそう判断したからか」

「そうだ」

「司法だって人間のやることだ。どんな人間だって完璧《かんぺき》じゃない。誤りはある」

「誤りをなくすために、三審制が存在する」

「三審制は完璧か。これまで一つも冤罪を生み出していないのか」

簑島は眉間に皺を寄せた。

「くだらない議論をしに来たんじゃない」

「わかってる。あんたとの議論は楽しそうだが、残念ながら面会時間には制限がある。だから単刀直入に用件だけを伝えている。おれは捜査に協力する。あんたはおれの冤罪を証明する。どうだ」

「断る」

「なぜだ」

「殺人鬼の手を借りるつもりはない」

「おれが殺していなかったら、と考えたことはないのか」

「ない」

「おれは公判で一貫して罪状を否認し、無罪を主張してきた」

「その結果が死刑判決だ」

十二年前の法廷で見せたあのふてぶてしい態度。いま思い出しても吐き気がする。

明石が遠くを見る顔つきで、唇を曲げる。

「客観証拠が揃いすぎていた。あれじゃ、おれが刑事や検事や判事だとしても、クロだという前提で話を進める。勝ち目はないと思った。だから反論を諦めた。だがおれはやってない。誰かがおれを嵌《は》めた」

自分でも性格が悪いなと思うほどの嘲笑が漏れた。

「事件前後の記憶がほとんど残っていないのに、やってないことだけは断言できるのか」

「当時のおれは酒浸りで、自分がどこでなにをしていたのかもほとんど覚えていない。そのせいでアリバイが成立しなかった。だが酒に酔った勢いで人を殺したりはしない」

「よくもぬけぬけと。暴行傷害の常習犯がよく言えたもんだ」

「わかってる。少しばかり血の気が多いのが、おれの欠点だ」

「少しばかり、じゃないだろう」

そのせいで警察官という職を失うぐらいなのだ。

「そのへんは見解の相違があるかもしれないが、酒に酔って気に入らないやつをぶん殴るのと、デリヘル嬢をホテルに呼び出して首を絞めて殺すのは、犯行の性格が大きく異なる。前者は粗暴な人間の起こす短絡的な犯行、後者は周到に準備された計画的な犯行だ」

「酔って暴力を振るう人間は、女の首を絞めて殺したりしないっていうのか」

「酔って暴力を振るうような人間だからって、女の首を絞めて殺すとは限らないってことだ」

「そんなのは――」

言葉遊びに過ぎない。そう言いかけて、またも議論になっているのに気づいた。

熱くなるなと、自分を抑える。

「どうでもいい。おまえは最初、犯人を教えると言った。捜査協力なんて、話が違う」

「いいや。違わない。おれはあんたに犯人を教える。あんたは犯人の周辺を捜査し、逮捕できるだけの証拠を収集する。そういうかたちでの捜査協力だ」

簑島は明石を怪訝そうに見つめた。

「本当に犯人がわかっているのか」

「ああ。名前までは知らないが」

明石が平然と頷く。

意見を聞くべきだろうか。もちろん、聞いたところで信じる信じないは簑島次第だ。傾聴する価値がないと判断すれば、無視すればいい。

だが、聞いてしまえば後戻りできなくなる気がした。なぜだか自分でもわからない。明石になんらかの隠された目的があり、そのために利用されてしまうのを恐れているのか。それとも、たんに明石に借りを作るのが嫌なのか。だが明石に借りを作るということは、ストラングラーの逮捕に至ることでもある。憎むべき殺人鬼、死刑囚の助言といえ、別の殺人鬼を逮捕できるのならば悪い話ではない。なにを躊躇《ためら》う必要がある。聞くだけ聞いてみればいい。明石の要求など、この場だけ約束して反故《ほご》にしてしまえばいい。

いや、もしかして、明石の言葉に耳を傾けた結果、冤罪の可能性を考え始めてしまうのが怖いのか——？

簑島の内心の葛藤《かっとう》をよそに、明石が言う。

「犯人が誰か、おれはあんたに教える。あんたはおれの話をもとに物証を集めて、そいつを逮捕すればいい。だが、残念ながら、そいつはストラングラーじゃない」

「どういうことだ」

質問してから、しまったと思った。

「今回の錦糸町の事件は、ストラングラーの模倣犯による仕業だってことだ」

「模倣……犯？」

まんまと明石のペースに乗せられている自覚はある。だが興味を抑えられない。

薄い笑みを湛《たた》えた明石は、どこか簑島を弄んで楽しんでいるようだった。

「それ以前の四件はおそらく同一犯。だがあんたがいま捜査中の事件だけは、ストラングラーの犯行じゃない。分けて考える必要がある」

「根拠は」

「被害者の容姿だ」

「容姿……？」

「ここ半年で発生したストラングラーの犯行とされる一連の殺人事件──渋谷《しぶや》、鶯谷《うぐいすだに》、横浜《よこはま》の綱島《つなしま》、あとは東京に戻って五反田《ごたんだ》か、その四件については、犯行手口のほかにも被害者の容姿という共通点がある」

共通点などあっただろうか。被害女性の顔を思い浮かべてみる。

「わからないか」明石が訊ねる。

簑島は答えなかった。わからない、と認めたくない。

「これまでストラングラーの犠牲になった女性は、全員がストレートのロングヘアーだ。そして髪を染めていない。全員が黒髪、そしてどちらかと言えば色白。だが最新の錦糸町事件の被害者である中島雅美は、髪の長さが肩までしかなく、茶色く染めていた。しかもよく日焼けしている」

しばしの沈黙があって、簑島は噴き出した。

「なにがおかしい」

「そりゃおかしいさ。確認しておくが、連続絞殺魔についての情報ソースは、新聞か」

「新聞記事、週刊誌、ネットニュースのプリントアウト。あらゆる情報を差し入れさせている」

「あの望月という舎弟にか」

「支援者はやつだけじゃない」

ひとしきり笑った後で、簑島は明石を見た。

「限られた情報でよくそこまで導き出したもんだ。いや、よくこじつけた、と言ったほうがいいかな」

「シリアルキラーはターゲットの容姿にこだわりが強く、選《え》り好《ごの》みするケースが多い。仲良しだった幼馴染《おさななじ》み、こっぴどく振られた恋人、過干渉だった、あるいは逆に自分を養育放棄した母親。犯人になんらかの強い思いを抱かせた女性の面影を、標的に投影する」

「さすが元刑事。一聴すれば、鋭い推理に聞こえなくもない。だがなんの記事を参考にした？　ゴシップ記事だらけの実話誌か？　新聞に載っている被害者の顔写真だと、鮮明さに欠けるもんな」

「なにが言いたい」

「おまえ、間違ってる。どの媒体で被害者の顔写真を見たのかは知らないが、渋谷の被害者の澤山愛実《さわやままなみ》は茶髪だったし、綱島の被害者である吉保美鈴《よしやすみすず》に至っては、金髪だった。あんたの指摘する容姿の共通点なんてない」

今度は明石が笑った。

「わかったよ、ストラングラーが捕まらない理由が。やつが賢いというより、警察が無能らしい」

「なにを！」

全身が熱くなった。

「あんたが言ってるのは、殺害された時点での被害女性の髪色だ」

それのなにがいけないというのか。

「あんた、風俗を利用したことはないのか」

「あるわけがない」

大学時代に先輩から誘われたことはあるが、金銭で女性を言いなりにすることに抵抗があって断った。その後、真生子との交際が始まり、必要もなくなった。そして真生子が殺されてからは、嫌悪すら抱くようになった。その嫌悪が風俗を利用する男にたいしてのものなのか、それとも風俗で働く女にたいしてのものなのかは、自分でもわからない。

「あるわけがない、か」明石がにやりと笑う。

「それなら、パネマジ食らった経験もないわけだ」

「パネ……」

不可解そうに顔を歪める反応は、明石の期待通りのものだったようだ。

「パネルマジックだよ。嬢の写真の撮り方を工夫したり、加工修正したりして、実物よりも数段よく見せるっていう風俗業界用語」

なんだそれは。くだらない。騙《だま》すほうも、騙されるほうも。

そう思って鼻を鳴らした直後、簑島は息を呑《の》んだ。

明石がふっと息を漏らす。

「ストラングラーはおそらく、デリヘル店のホームページに掲載された嬢の写真を見てターゲットを選定している。実際はどうか、あるいは殺害時にどうかはともかく、ホームページに掲載された被害者の写真はどれも黒髪ストレート、色白で共通している」

本当だろうか。正直なところ、そこまでは記憶していない。修正された写真にそれほどの意味があるとは思えず、ざっと目を通しただけだ。

「考えたこともなかった、という顔だな」

「ロ……」なにか反論しなければ。完全に会話の主導権を奪われている。「ロープはどう説明する。それまでのストラングラーによるものとされる四件で使用されたものと、今回の錦糸町事件で使用されたロープは、同じメーカーのものだった」

「つながった。あんたがおれに会いに来た理由はそれだったのか。十四年前の事件とストラングラーの起こした事件で使用された凶器のロープが、同じメーカーによるものだった。警察は凶器のメーカーについては公表していない」

しまった。簑島は鼻に皺を寄せる。だが一度口にしてしまったものは取り消せない。開き直ることにした。

「いまはおまえの犯行の話はしていない」

「ああ」明石は案外あっさりと引き下がった。「だがロープのメーカーなんてそんなに多くない。そこらのホームセンターで購入したものなら、偶然一致したところでことさら不自然じゃない」

ストラングラーが明石とは無関係だと簑島が判断したのと、まったく同じ理屈だった。

「店長だ、おそらく」

ふいに明石が発した言葉の意味がわからずに、反応が遅れた。

「被害者の勤務していたデリヘルのか」

「ああ。そうだ。『団地妻横丁錦糸町店』の店長がもっとも怪しい」

「なにを根拠に……」

「犯人は公衆電話から店に予約の電話をかけている」

「それがどうした」

表情に出さないようにつとめたが、簑島は驚いていた。明石は本当に事件についてよく調べている。

「予約の電話を受けたと証言しているのは、店長だろう」

その通りだった。犯行の前日、午後三時四十二分に、公衆電話から店にかけた一分半ほどの通話履歴が残っている。中島雅美を指名し、翌日午前二時から一時間コースが予約されたという話だった。

「その発信者が犯人で、中島雅美を指名予約する内容だったと裏づけるのは、店長の証言だけだ」

「着信じゃないぞ。通話履歴だ。かりに公衆電話からの発信が店長だとしたら、どうやって電話に出る」

ふいに、明石が小さく笑った。

「なんだ」簑島はむっとする。

「そんなのはどうとでもできる。少しは犯人の立場になって考えてみろ」

先輩刑事が後輩に諭すような口調に、カチンときた。

「なにさまだ。まだ現役の刑事のつもりか」

「気に障ったのなら謝る」

明石はお手上げのしぐさをする。

それからゆっくりと立ち上がりながら言った。

「とにかく『団地妻横丁』の店長の周辺を洗ってみるといい。自分のプライドよりも事件解決を優先したいのなら、の話だが」

「ま……」

待て。そう言いかけて、ふと思う。

おれはどうして、こいつを引き留めようとしているのだろう。

「終わりました」

明石が背後に声をかけると、壁に映る影のように控えていた刑務官が立ち上がった。

7

「さっきからなにをご覧になっているんですか」

外山が小声で訊ねてくる。

簑島はデスクの上に広げたA4のコピー用紙を、外山から見やすいように軽くかたむけた。デリヘル店のホームページから、これまでの一連の殺人事件の被害者となった、女性たちのプロフィール画面をプリントアウトしたものだった。写真とともに、源氏名、年齢、スリーサイズ、趣味などが記載されている。

「ああ。明石が言ったとかいう……」

外山は合点がいったという顔をした。明石との面会で話した内容については、すでに伝えてある。

捜査会議の最中だった。大会議室は百人を超える捜査員の熱気でむせ返るほどだ。酸素が薄いのか、わずかに空気が白んでいる。とはいえ当初はぴんと張った糸のようだった緊張が、空振りに終わったという報告が続くうちに緩み始めている。

簑島と外山は、最後列のデスクに陣取っていた。

「たしかに似てるんです」

簑島は女性たちの顔が横並びになるように紙をずらし、顎に手をあてた。

五枚の写真。五人の女性。まともに顔を晒《さら》している者は一人もいない。目もと、鼻と口もと、あるいは目鼻口全体に、ボカシ加工がされている。そして横に並んだ五人のうち、一番右の女性だけ髪の色がほんのりと茶色い。髪の長さもほかの四人に比べて短く、肌も灼《や》けていて、ほかの四人がおしとやかな雰囲気なのにたいし、快活な印象を受ける。それが錦糸町事件の被害者である、中島雅美だった。ほかの四人は、ストラングラーによるとされる一連の殺人事件の被害者だ。

「しかし、こうして見るとほとんど詐欺だな」

写真を覗き込み、外山が苦笑する。

五人が五人とも写真加工ソフトで修正が施されており、無加工の状態と比べればほとんど別人になっている。顔のパーツが部分的にぼかされているというのもあるが、輪郭まで大きく変わっている者もいた。これなら知人が見ても気づかないのではないか。そして風俗店の利用客は、こんな別人レベルの写真を基準に女性を選んでいるのか、という率直な呆《あき》れと驚きがあった。名前も年齢も、なにもかもが実際とは異なる。真実はどこにもない。

それはともかく、現実ではまるで似ていないと思っていた女性たちが、修正済みの写真だと似ている。目鼻口など重要なパーツがはっきり見えないこともあって、同一人物と言われれば信じてしまいそうなほどだ。

ただし、中島雅美を除いて。

明石の指摘通り、ストラングラーがホームページの写真を見てターゲットを選定しているのだとすれば、中島雅美の容姿だけが明らかに異質だった。浮いている。錦糸町事件だけはストラングラーの仕業ではなく、ストラングラーの模倣犯によるものだという推理にも、説得力があるように思えてくる。

「私、考えてみたんですけど」

外山が写真を眺めながら、顎をかく。

「なんですか」

「明石は、『団地妻横丁』の店長が疑わしいと言っているんですよね」

「ええ」

「中島雅美には事件前日、午後三時四十二分に予約の電話が入っている。その電話は近くの公衆電話からの着信で、電話を受けたのは店長……なんていう名前でしたっけ」

「今井《いまい》眞人《まさと》です」

明石との面会後、『団地妻横丁錦糸町店』店長の捜査資料にあらためて目を通した。

今井眞人、三十五歳。大学中退後、川崎のソープランドのボーイとして風俗業界に入り、以後は業界内で店を転々とする。三年前に『団地妻横丁』のフランチャイズ店を墨田《すみだ》区錦糸町にオープンさせた。

「そうでした。今井だ。基本的に店への電話はほぼすべて、その今井が応対していて、中島雅美を指名予約する公衆電話からの着信も、今井が受けている。つまり公衆電話からの通話の内容が、中島雅美の指名予約だったと裏づけるのは、今井の証言だけ……と」

「ですが通話履歴が残っています。予約を偽装するために公衆電話から電話をかけることまではできても、それを受けることはできません」

「そんなの、どうとでもなる気がしますけどね。通話の内容を録音してるわけでもないし」

明石と同じようなことを口にし、外山は首をひねった。

「やっぱりおかしい。明石の言うように、店長が怪しいと、私も思います」

「どこがおかしいんですか」

外山にたいしては、素直に教えを請うことができる。

「被害者に予約を入れたという客の行動です。このご時世にわざわざ公衆電話を使うのも珍しいといえば珍しいですが、万が一にも身元を特定されたくない神経質な客もいるだろうと理解はできます。けど、その公衆電話って、店から歩いて五分程度の場所でしたよね」

「事件の起こったラブホテルからも近いです」

「ええ。そもそも無店舗型のデリヘルなので、客は店の場所を知らない。利用するホテルに近かったから、その公衆電話を選んだ。そう解釈するほうが自然でしょう。ホテルにも同じ公衆電話からの予約が入っている。でもそうなると、その客はどこに住んでいるんですか」

外山の言わんとすることが理解できない。簑島は眉根を寄せた。

「考えてもみてください。わざわざラブホテルを指定するってことは、この近くに住んでいる男じゃないってことです。デリヘルってのは、アパートやマンションにも派遣されますからね。なのにわざわざホテルの近くまで来て、予約の電話を入れている」

「この近くに住んでいても、一人暮らしではないってことじゃないですか。たとえば家族と住んでいるとか……」

あっ、と声を漏らし、絶句する。

外山が頷いた。

「家族と暮らしている人間が、近所のデリヘルを利用しますか？　風俗の客なんて性欲で理性を失っているようなやつが多いから、ぜったいにないとは言いません。でも、もしそうだとしたら、身元が割れないように公衆電話から予約を入れる慎重さとは整合性がとれない。それぐらい慎重な人間なら、いや、そうでなくても、普通は自分の住んでいる場所の近所で風俗を利用したりはしませんよ。地域社会に溶け込んでいない、一人暮らしの男ならともかくね。だから中島雅美を殺した犯人は、近所の住民でないと考えるのが自然です。もっとも、この推理は一般的な風俗の利用客の行動パターンをもとにしたものです。最初から殺しが目的の犯人には、あてはまらないかもしれない。捜査をかく乱するために、あえてホテルの近くの公衆電話から予約を入れた可能性も考えられる。犯人はあえてホテルの近くの公衆電話を使用し、近隣住民であると装った。もちろん、そういう可能性もあるんでしょう。けれど、もっと単純に考えることもできますよね」

「犯人は、公衆電話の近くにいた」

「そうです」

その通りだ。難しく考える必要はない。店長が犯人だとすれば、すべての不自然さに説明がつく。営業時間中に店を抜け出し、店に電話をかけて通話履歴を残し、犯人が外部の人間であるかのように工作したのだ。実際に犯人がどうかはともかく、疑うに足る要素はじゅうぶんにある。

——少しは犯人の立場になって考えてみろ。

明石の言葉が鼓膜の奥によみがえり、顔をしかめた。死刑囚なんかに、という思いもあるが、それ以上に、捜査情報を入手できるわけでもない、差し入れされた新聞や雑誌でしか事件の概要を知りようがないはずの男に先んじられる自分の、不甲斐《ふがい》なさがあった。

だがプライドよりも、犯人逮捕のほうが優先だ。

「今井の周辺を洗ってみましょう」

待ってました、という感じに、外山が頷いた。

8

翌日。

簑島と外山の二人は、埼玉県朝霞《あさか》市の県道に面したファミリーレストランにいた。簑島と外山が並んで座り、対面では、やや太め体型で金に近い茶髪の前髪をぴったりと横に撫でつけてピン留めした女が、チョコレートパフェをパクついている。

女の名前は山本路子《やまもとみちこ》。二十七歳。『団地妻横丁錦糸町店』に在籍するデリヘル嬢だ。源氏名は『みずほ』。ホームページのプロフィール写真ではもっとほっそりした体型で、年齢も二十歳《はたち》と表記されていた。

午前十一時過ぎ。正午を過ぎれば店も混み始めるのかもしれないが、いまはまだ空席が目立つ。どことなく弛緩《しかん》した怠惰な空気が、店内に充満していた。

「いつもこんなに早い時間から出勤するの?」

外山が訊いた。

『団地妻横丁錦糸町店』の営業時間は午後一時から午前三時までだが、多くの在籍女性が出勤するのは夕方を過ぎてからだった。日中に出勤する女性は多くない。そんな中で、この山本路子だけは、毎日のように午後一時の営業開始から出勤しているようだった。事件の前日、中島雅美への予約電話が入ったとされる日にも、出勤していた。

山本路子に事情聴取すべく連絡を取ったところ、このファミリーレストランを指定されたのだった。地元の久留米《くるめ》を離れ、この付近で一人暮らしをしているのだという。

「うん。だいたいスタートから。お店が一時からなのに女の子が誰もいないと困るからって、店長がしつこいんだもん」

二十七歳とは思えないような、幼稚さを感じさせる舌足らずな口調だった。外山が敬語を使わないのも、相手に合わせているらしい。

「待機中はなにをして過ごされているんですか」

簑島の質問に、山本路子は唇に人差し指をあてて虚空を見つめた。

「だいたい寝てるか、スマホいじってるか、ほかの女の子が持ってきたマンガ本とかが置いてあるから、それ読んでるかな」

「中島さん……じゃなくて、ユイカさんが殺された前日も、出勤されていましたよね」

中島雅美はユイカという源氏名を使っていた。それぞれの店舗で名前を使い分けており、どれも本名ではない。偽りの自分が三人もいるというのは、どういう気持ちだろう。

「だいたい毎日出てるから」

彼女は自嘲気味な笑みを漏らした。

「スタートから？」と確認したのは外山だった。

「うん。スタートから夜十一時ぐらいまで。ラストまでいれば電車なくなって車で家まで送ってもらえるんだけど、店長に嫌がられるんだよね。あたし、家遠いから。たいして指名も入んないんだから、電車あるうちに帰れって。酷《ひど》くない？」

「専任のドライバーはいないの」

外山が首をかしげる。

「前はいたんだけど、いまはいない。デリも錦糸町限定だから、店長が自分で女の子を送迎してる」

「経営が苦しくなっていたんでしょうか」

外山は簑島に言ったのだが、「だと思う」と山本路子が答えた。

「前はよかったみたいだけど、最近は女の子もすぐやめちゃうし、そろそろ潰れるんじゃないかって、ほかの子とも話してたもん」

「事件発生前日の午後三時四十二分に、ユイカさんを指名予約する電話が入っていますが、山本さんは、そのときにもお店にいらっしゃいましたか」

簑島が言い終える前から、山本は頷いていた。

「いたよ。もちろん」

「その電話を受けたとき、ほかに女の子は？」と外山。

「いなかった。あの日は夕方まであたし一人だったから。指名も入らなかった」

「ユイカちゃんに指名予約の電話がかかってきたときの、店長さんの様子を覚えてるかな」

彼女はかぶりを振る。

「そんなのわかるわけない。店長のいる事務所は待機所とは別室だし、電話もそこに置いてあるから」

外山がこちらを見た。

簑島が待機所の様子を確認する。

「待機所はマンションの一室ですよね」

「そう」

「店に電話がかかってきても、待機中の女性には聞こえないんですか」

「聞こえることもある。でも事務所に店長がいると、呼び出し音がほとんど鳴らないうちに電話を取るから、かかってきたのに気づかないことも多い」

簑島と外山は頷き合った。

簑島が訊く。

「犯人と思われる人物が公衆電話から電話をかけてきた十分ほど前に、店長の今井さんがお店の固定電話にかけています。こちらに応対されたのは?」

中島雅美を指名予約する電話の入った日の『団地妻横丁』の通話履歴を、あらためて確認してみた。犯人とされる公衆電話からの着信が午後三時四十二分。そのすぐ前の午後三時三十三分に、店長の今井が店の固定電話にかけている。二分弱の通話履歴が残っていた。

「あたし。店への電話は基本、店長が出るんだけど、ほら、いまは送迎も店長がやってるから、店にいないこともあるし。ほかにも店長がトイレに入ってたりとか、煙草買いに出かけたりするときには、女の子が電話に出る。ま、ほかの子がいても、だいたいあたしが出るんだけど」

山本路子が不服そうに鼻を鳴らす。

「その電話がかかってきたときのことを、詳しく聞かせてくれないかな」

身を乗り出す外山の目は、期待に輝いていた。

「別に普通だけど……」

なぜ警察がそんなことに興味を抱くのか、山本路子は戸惑った様子だ。

「普通でもかまいません。教えてください」

簑島に頭を下げられ、「本当に普通なんだけど」と前置きしてから、彼女は話し始めた。

「電話に出てみたら店長からで、煙草を買いにコンビニに来ているんだけど、なにかいるものはあるかとか、自分が事務所を空けている間に電話や来客はなかったかとか、そういうことを訊かれただけ」

「いま、電話に出てみたら、とおっしゃいましたけど、発信者を確認しなかったのですか」

「事務所の電話は液晶のところが壊れてて、かけてきた人の番号が出ないの。あの日は待機所で寝てたんだけど、事務所から電話の音が聞こえて、そのうち店長が出ると思って無視してたのに、いつまで経っても鳴り止《や》まなかった。だから、店長、電話だよって声かけても反応なくて、事務所行ってみたら店長がいないから、あたしが電話に出た。そしたら店長からで、コンビニに来てるとか言うから、ちょっとイラッとなった。そんなの長々と電話鳴らし続けて言うことじゃないじゃん。さっさと帰ってこいよって。ってか、出かけるなら出かけるって言っとけって話じゃん」

やはりそういうことか。簑島は今井の犯行を確信しつつ、最終確認をした。

「その今井さんからの電話ですが、何時ごろにかかってきたのか、正確に記憶なさっていますか」

「知らない。さっき話したように、寝てたら電話がかかってきた。で、電話に出てみたらしょーもない内容で、ムカついて、電話切ってすぐまた寝た」

「今井さんのお話によれば、店に電話をかけたのは三時三十三分ということです。お店の固定電話にも、三時三十三分から二分足らずの通話履歴が残っています。これがあなたとの通話ということでしょうか」

「履歴に残ってるなら、そうだと思う」

「電話がかかってきた時間は、はっきりと覚えていないんですか」

「言ったじゃない。寝てたら電話がかかってきて、電話を切ったらすぐ寝たって。時計なんて見てないし」

「今井さんは本当にコンビニからかけてきたんですか」

「本人がそう言ってるんだから、そうじゃないの」

簑島は外山を見た。間違いないですね、という感じの頷きが返ってきた。

山本路子と別れて店を出た後、外山が口を開く。

「これはいよいよ今井が怪しくなりましたね」

「ええ。事務所にいた今井は待機所の山本路子が居眠りしているのを確認した後、自らの携帯電話から店の固定電話に発信し、固定電話の受話器を取って通話履歴を作った。それが三時三十三分。その後外出し、三時四十二分に公衆電話から発信して山本路子に電話を取らせる。固定電話の液晶部分が壊れているため、山本路子には発信元がわからない。今井がコンビニからかけていると言えば、コンビニから携帯電話で発信していると思う」

「居眠りの最中に起こされた山本路子は、電話がかかってきた時刻を確認していない。本当は、山本路子が電話を取ったのは三時四十二分の公衆電話からの着信だった。だがその通話については、今井が中島雅美を指名予約する客からの電話だったと警察に証言している」

「山本路子はコンビニからかけているという今井の言葉を信じているから、自分が受けた電話は今井の携帯電話からの発信だと思い込む。三時三十三分に今井の携帯電話から店の固定電話への通話履歴が残っているので、今井からの電話を受けたのはその時刻だということになる」

「実際には、山本路子が今井からの電話を受けたのは三時四十二分で、発信されたのも公衆電話からだった」

そして警察には、三時四十二分に公衆電話から中島雅美を指名予約する電話が入ったと証言した。翌日、予約に従ってホテルに向かった中島雅美は殺害された。

なぜ今井は警察に嘘をついたのか。なぜ手の込んだ工作をして、中島雅美への指名予約が入ったように見せかけたのか。

答えは一つしか考えられなかった。

9

「これを、見てもらえますか」

伊武はバインダーファイルからA4サイズのコピー用紙を抜き取り、今井眞人のほうに滑らせた。

今井がおそるおそるといった様子で顎を突き出し、デスクの上の用紙を覗き込む。そのしぐさで、こいつが落ちるのも時間の問題だなと、伊武は確信した。目の下の隈《くま》が、取り調べを開始した一時間前よりも濃くなった。広い額に浮き出た汗が引くことはなく、白いシャツは身体にべったりと貼《は》りついていて、大部分が肌色になっている。

「こ、これは……」

「事件当日、あなたの経営するデリヘル店の入った、マンション近くの路上に設置された防犯カメラ映像です。ここに映っているのは、あなたで間違いありませんね」

コピー用紙には、街頭防犯カメラに記録された映像の一場面がプリントされている。道路を斜め上から捉《とら》えたアングルで、夜道を駆ける男の姿が映し出されていた。やや薄くなった頭頂部は、間違いなく目の前にいる男だった。

錦糸町署の取調室だった。『団地妻横丁錦糸町店』の入ったマンション周辺の防犯カメラを調べたところ、事件直前にマンションを出て、犯行現場となったラブホテルの方角に向かう今井の様子が捉えられていた。

任意同行された今井の取り調べを任されたのが、伊武だった。

「この映像が撮影されたのは、午前一時五十七分。中島雅美さんは、同じ道を三分前に通過しています。彼女は『スズキ』なる人物からの予約を受けて、ホテル『アリッサ』に向かうところでした。そうですよね」

「え、ええ」

「ではあなたは、どちらに向かっているのですか」

「コンビニに、煙草を買いに」

「中島さんを追いかけているように見えますが」

「たまたま同じ方向に歩いていただけです」

「中島さんには会わなかった？」

「はい」

「あなたの経営するお店からだと、もっと近くにコンビニがありますが？　こちらとは、逆方向に」

「そこは駄目なんです」

「なにが駄目なんですか」

「たば、煙草の品揃えが悪くて」

懸命に平静を取り繕おうとするような口調だった。

ふむ、と伊武は椅子の背もたれに身を預け、顎に手をあてた。

「当日はほかに数人の女性が出勤していたものの、予約の入っている中島さん以外、終電に間に合うように帰されています」

「いつもそうです。うちはドライバーを雇っていないので、終電を逃した女の子は全員、私の車で自宅まで送らないといけません。だから早めに上がってもらうんです」

「そのようですね。以前は専任のドライバーもいたとうかがいました」

「女の子は完全歩合制だから客の予約が入らなければ給料を払う必要はないけど、ドライバーは時給制です。下手したらドライバーへの給料を払うことで赤字になる可能性もある。そんなのは馬鹿馬鹿しいですから」

「だから自らドライバーをこなすようになった、と」

「ただ車を運転するだけなら、私にもできます」

「なるほど」

軽く肩をすくめ、仕切り直す。

「中島さんには、ホテル『アリッサ』で午前二時から一時間コースの予約が入っていたそうですね」

「はい」

「ホテルでの仕事を終えた後は、当然、あなたが自宅まで車で送ることになっていた。彼女の住まいは板橋です。歩いて帰れるような距離ではありません」

「いや」と今井は手を振った。

「彼女を送る予定はありませんでした」

「どうしてですか」

「送りは必要ないと、彼女のほうから断ってきたんです。どうやら仕事の後で、誰かと会う予定になっていたようですね」

「午前三時過ぎにですか」

「ええ。遅いですよね。私もそう思いました。ですが、女の子のプライベートにかんして干渉しすぎるのもよくないと思い、深くは訊きませんでした」

「近くに友人でも住んでいたのでしょうか」

「それは私にはわかりません」

「客から支払われた売上金については、翌日？」

「はい。遅いから翌日入金してくれればいいよと伝えていました。まさかあんなことになるなんて……」

　今井が沈痛な面持ちになる。だが顔じゅう汗まみれだ。懸命になにかを隠そうとしている。

「わかりました。ではあなたの行動について、うかがっても？」

「私の、ですか」

「はい。防犯カメラに撮影されたということは、あなたが向かったコンビニは方角的に『ミニマムマート江東橋店』でよろしかったですか」

「『ミニマムマート』だったとは思いますが、店名までは……」

視線を彷徨《さまよ》わせる今井の様子は、逃げ道を探しているかのようだった。

「防犯ビデオの撮影地点から、真っ直ぐ三〇〇メートルほど歩いたところにあるコンビニです。郵便局のそばの」

「ああ。はい……」

「あなたが向かったのはそこでいいですか。『ミニマムマート江東橋店』で」

「ええ」渋々認めた、という感じだった。

「おかしいですね。お店の防犯カメラ映像を確認させてもらったんですが、あなたが店を訪れたと思《おぼ》しき午前二時前後、あなたの姿を確認することができなかったのですが」

今井が大きく目を見開いた。

「それは、その……別の店に……」

警察が周辺のほかのコンビニエンスストアの防犯カメラ映像を調べている可能性を考えたのだろう。「いや」と途中で証言を変える。

「知り合いに会って、立ち話していたら話し込んでしまって」

「午前二時に知り合いとばったり、ですか」

「ええ」

「その知り合いの方の名前を教えていただいてもよろしいですか」

「それは……できません」

「なぜですか」

「先方にも迷惑がかかることになりますし」

「確認させていただくだけです。できる限りご迷惑がかからないようにします」

だが今井は唇をわずかに歪めただけだった。

伊武はデスクに両肘《りょうひじ》をつき、身を乗り出す。

「はっきり申し上げますが、我々はあなたを中島雅美さん殺害犯ではないかと疑っています」

「違います」

今井が大きくかぶりを振った。

「そうおっしゃるなら、あなたの無実を確認させてください。この防犯カメラの映像を見る限り、あなたはホテル『アリッサ』に向かった中島雅美さんを追いかけているように見える。偶然同じ方向に歩いているだけで、コンビニに向かっていたとおっしゃるが、その目的地であるはずのコンビニの防犯カメラには、あなたの姿が捉えられていない。そのことを指摘されると、今度は知り合いと立ち話をしていたと供述を変えた。それだけでも不自然なのに、立ち話の相手の素性は明かせないとおっしゃる。限りなく怪しいですよね。私もできれば、あなたの話を信じたい。けれどいまのあなたの話を聞いていると、とてもじゃないが信じることはできない。私を信じさせてくれませんか。その立ち話をしていたという知り合いの名前を、教えてください」

今井はすっかり萎《しお》れてしまい、顔が見えなくなっていた。

だが、続く伊武の一言で、弾《はじ》かれたように顔を上げる。

「そんな知り合い、本当はいないんだろう？」

すっかり血の気の引いた今井の青白い顔を見て、これで勝負ありだと、伊武は確信した。

10

「短い間でしたが、お世話になりました」

簑島が頭を下げると、外山は恐縮した様子で手を振った。

「こちらこそ、たいして力にもなれませんでした」

「そんなことありません。感謝しています。あと、おれのわがままで振り回してしまい、申し訳ありません」

「単独行動したいと言われたときには、正直なところ先が思いやられましたが、結果オーライです。おかげで犯人検挙につながった。伊武さんもさすがですね」

外山が苦笑しながら鼻の下を指で擦る。

伊武の取り調べにより、今井は犯行を自供した。捜査一課は錦糸町署から引き揚げることになり、簑島も錦糸町署を後にしようとしている。二人は玄関付近のロビーで会話していた。

今井は一時期、中島雅美と交際していたらしい。今井の供述によれば、中島雅美の想《おも》いに応えるかたちで交際が始まったということだ。だが今井のほうは彼女にたいして純粋な好意を抱いていたわけではなく、交際することによって働き手を職場につなぎ止めたいという打算があったようだ。

今井は三年前にフランチャイズ店として『団地妻横丁錦糸町店』を開業したものの、思うように売上が伸びずに悩んでいた。体験入店した女性はなかなか正式入店に至らず、ようやく正式入店しても定着しない。予約が入っていようが、当日になって急に仕事を休む。それを叱《しか》るとへそを曲げて出勤しなくなる。たまに真面目に働いてくれる女の子が入ったと思ったら、条件の良いほかの店に引き抜かれる。

ずっと風俗業界で働いて内情を理解していたつもりでも、経営者となるとまったく勝手が違ったようだ。事務所兼女性の待機所として借りたマンションの家賃すらまともに支払うことができず、借金は膨らむいっぽうだった。

これ以上、女の子に辞められるわけにはいかなかった。彼女を利用してやろうというよりも、彼女にまで去られたら、という恐怖心のほうが大きかったんです。

今井はそう語ったという。

今井と交際を開始した中島雅美は、掛け持ちで在籍していたほかの店よりも『団地妻横丁錦糸町店』に優先的に出勤するようになった。だが女性ばかりの職場で、そのうちの一人と店長が交際しているのでは、いつまでも平和が続くはずもない。

内緒にしようと約束したはずだったのに、中島雅美がほかの女性に店長との交際を打ち明けてしまった。そこから人間関係がぎくしゃくするようになり、何人かの女性が辞め、ライバル店に移ってしまう。

今井は中島雅美に別れを切り出した。最初は拒絶されたものの、時間をかけて説得するうちに別れを受け入れてくれたようだった。彼女がほかの店との掛け持ちを復活させたのは、こうなった以上、仕方がないと思っていた。いずれは店を辞めてしまうのだろうと、覚悟していた。

しかし彼女はほかの店舗に完全移籍することなく、掛け持ちを続けた。今井は当初、その理由を自分への未練だと捉えていた。しかし、そうではなかった。

中島雅美は『団地妻横丁錦糸町店』に在籍する女性たちを、掛け持ちするほかの店舗に誘っていたのだった。実際に彼女の誘いに応じて移籍した女性はいない。だが自転車操業を続けて余裕のなくなっていた今井は、女性が居着かない理由がすべて中島雅美の策略によるものだと決めつけた。

ただ解雇するだけでは気が済まなかった。ほかの店に移って、うちの悪口を言いふらされたらたまったものじゃない。それに、おれの店をめちゃくちゃにした報《むく》いを受けさせてやりたかった。

店を辞めさせないために禁忌を破り、女性に手を出した事実などなかったかのように、今井による被害者への呪詛《じゅそ》は止まらなかったという。

中島雅美の殺害を決意した今井は、昨今世間を騒がせているストラングラーの犯行に見せかけることを思いついた。

まず公衆電話から店に電話を入れ、それを留守番していた女性に取らせることで、そしてその発信を携帯電話からのように装うことで、外部の何者かが中島雅美を指名予約したかのように偽装する。さらに同じ公衆電話からホテル『アリッサ』に電話し、部屋を予約した。

そして翌日、予約の入った中島雅美以外の女性を終電に間に合うように帰宅させ、人払いをする。午前二時の予約に合わせて中島雅美が店を出ると、その後を追って自らも店を出た。先回りしてホテルにチェックインし、客の振りをして中島雅美を部屋に招き入れてから、ロープで首を絞めて殺害した。

今井は週刊誌の特集記事を読んで、ストラングラーの手口を知ったという。ストラングラーとの直接のかかわりは否定しており、ストラングラーの仕業とされる四件の殺人についてはアリバイも成立している。

「これからどうなさるんですか」

外山がなにを訊ねたいのかは、遠慮がちな口調でわかった。

明石についてだ。

明石は捜査協力する代わりに、自らの無実を証明する手助けをして欲しいと申し出てきた。そして今回の犯行がストラングラーとは無関係であり、デリヘル店の店長によるものだと言い当てた。

今井のアリバイ工作は杜撰《ずさん》だった。捜査本部もいずれは今井に疑いの目を向け、検挙に至っただろう。だがこれほどのスピード解決になったのは、明石の助言のおかげだ。

山本路子への事情聴取後、簑島は捜査会議で今井によるアリバイ工作の可能性を進言した。その結果、捜査員の多くが今井の身辺捜査に充《あ》てられたのだった。周囲からは簑島・外山コンビの手柄だと思われている。後ろめたさはもちろんあるが、死刑囚の助言に従って行動したなどと打ち明けられるはずもない。

これからどうする？

外山に訊かれなくとも、ずっと考えている。

「そうですね。久しぶりに美味《うま》いものでも食いに行きたいかな」

簑島はあえて答えをはぐらかした。

第二章

1

十四年前。

なんの変哲もない初夏の朝だった。少なくとも目が覚めた時点では、簑島はそう思っていた。

午前六時半に鳴った目覚ましのアラームを止め、薄い掛け布団を身体《からだ》に巻きつけながら二十分ほどまどろみに浸り、ようやく踏ん切りをつけて上体を起こした。

シングルベッドの横のローテーブルには、ビールの空き缶とともに読みかけのファッション誌が広げられており、その上には、テレビのリモコンが文鎮代わりに置かれていた。開いていたファッション誌のページは、『中目黒《なかめぐろ》古着屋マップ』だった。そこに掲載されていた古着屋は、結局一軒も訪ねていない。

リモコンを手に取り、テレビに向ける。自宅アパートにいるときは、ほとんどテレビを点《つ》けっぱなしにするようになった。とくに見たい番組があったわけでもないし、盛岡《もりおか》の実家で暮らしているときには、あまりテレビを見るほうでもなかったのだが。

そのことを話すと、真生子は「わかる。私も」と共感を示してくれた。講義の合間の空き時間に、ファストフード店でお茶したときのことだ。まだ交際する前だったが、簑島は彼女への好意を自覚していた。交際を申し込んだのは、その一週間後のことだった。

テレビでは朝のニュース番組を放送していた。どの局も内容は似たり寄ったりでも、見る番組は決まっている。その番組を選んだのにとくに理由はないが、毎日見るうちに、キャスターやコメンテーターに家族や友人のような親しみを抱くようになった。

いつものチャンネルに合わせ、シャワーに向かう。簑島のアパートはユニットバスだった。部屋の内見に訪れた際、せめて風呂《ふろ》とトイレは別のほうがいいんじゃないかと母に言われたが、セパレートタイプだと家賃が高くなるからと押し切った。最初こそ湯船に湯をためて浸《つ》かったものの、すぐにシャワーを浴びるだけになった。シャワーの時間も就寝前でなく起床後になった。

身体を洗わずに床に入るなんて、母に叱《しか》られるだろうが、起きてからシャワーを浴びたほうが寝癖も直せて効率がいい。一人暮らしを始めてから生活が乱れつつあるのは自覚していたが、自由の味には抗《あらが》えない。

シャワーを浴び、軽く身体を拭《ふ》いてからバスルームを出ると、テレビでは殺人事件のニュースが流れていた。渋谷のラブホテル、というよりは連れ込み旅館とでも表現したほうがよさそうな、古い建物。出入り口を見えにくくするための目隠しの壁には『休憩二八〇〇円』と書かれたパネルが掲げられている。建物全体が黄色い規制テープで囲まれて一般人が立ち入りできないようになっており、テープの前には、両手を身体の後ろにまわした制服警官が立っていた。

「二八〇〇円って」

誰《だれ》にともなくひとりごちた。そのときは殺された知らない誰かに同情するより、異常なほど安いホテルの料金への興味が勝っていた。渋谷でそんなに安いホテルの部屋は、どうなっているのだろう。恋人同士でこんな安ホテルを利用するとしたら、よほど貧乏か、よほど女のことを愛していないか、どちらかだろうな。

昨日のうちに買っておいた菓子パンの袋を開け、かぶりつく。口いっぱいの菓子パンで頬《ほお》を膨らませたまま、冷蔵庫を開けて五〇〇ミリリットルの牛乳パックを取り出した。牛乳で菓子パンを流し込み、床の上で充電器につなぎっぱなしにしていた携帯電話を拾い上げた。

メールも音声着信もなかった。

とくになんとも思わなかった。真生子と交際を開始して四か月が経《た》っていた。恋人と毎日何通もメールのやりとりをするとか、一日一回必ず電話する、あるいは、異性のいる飲み会への参加を禁止されている、などという友人もいたが、簑島たちは違った。お互いにアルバイトをしながら大学に通う身で忙しいし、相手を縛りつけるつもりもなかった。多少は束縛するほうが喜ばれただろうか。互いを尊重するあまり、愛情表現が足りなかったのか。いまでもときどき考える。

『おはよう。今日の政治学、出る？』

メールを真生子に送信した。返事は期待していなかった。昨夜は遅くまで居酒屋のバイトだったはずだから、ギリギリまで寝ているだろう。彼女のアパートのほうが大学に近いので、まだ眠っていられる時間だった。

ところが、ほどなく携帯電話が振動した。メールではなく、音声着信だった。

どういう風の吹き回しだ。首をひねりながら応答した簑島は、受話口から聞こえてきた声に眉《まゆ》をひそめた。

「もしもし？　もしもし？」

それは男の声だった。若くはなさそうだ。背後は騒然としていて、男もどことなく高揚しているような気配があった。

「あ。もしもし」

そう語りかけながら、さては真生子のやつ、携帯電話を落としたな、と思った。相手は、携帯電話を拾った男なのだろう。

だが違った。

「もしもし、私、渋谷道玄坂《どうげんざか》署の筒井《つつい》と申します」

「はあ……」

警察？　拾った人物ではなく、すでに警察に届けてあるのか。

「おたくは、久保真生子さんとどういうご関係でいらっしゃいますか」

ずいぶんと直截《ちよくせつ》な物言いをするものだ。ややむっとしつつ、簑島は質問に答えた。

「付き合っています」

「付き合っている、ということは、彼氏さん？」

「そうです」

「そうですか……」

少し逡巡《しゆんじゆん》するような間を挟み、言いにくそうに切り出す。

「実は、久保さんがお亡くなりになりました」

視界が大きく揺れた。

「つきましては、少しお話をうかがいたいのですが――」

そこから先の話は、鼓膜を素通りするだけだった。

2

「……どうした。なにを黙っている」

そう言われて、簑島は視線を上げた。

アクリル板を挟んだ対面には、明石がいた。涼しげな眼差《まなざ》しで簑島を見つめている。

またここを訪れることになるとは。

明石の助言により、今井眞人の早期逮捕に至ったのは紛れもない事実だった。相手が死刑囚だからといって、仁義を欠くわけにはいかない。

錦糸町署の捜査本部解散後、簑島はふたたび東京拘置所の明石を訪ねた。

だがいざ明石を目の前にしてみると、言葉が出てこない。事件を解決に導く助言をくれたのも明石だが、簑島のかつての恋人を殺したのも明石だった。そんな男に礼を言うなんて。

「礼ならいらない」

簑島の内心を見透かしたような、明石の発言だった。

「錦糸町のデリヘル嬢殺人事件、犯人を逮捕したそうだな」

「ああ」

「犯人は被害者の勤務するデリヘル店の店長だった」

「そうだ」

「おれの言った通りだった」

簑島は口を噤《つぐ》んだ。

「約束を覚えているか」

探るような上目遣いが、簑島を捉《とら》える。

覚えている。今日ここを訪ねるのを躊躇《ちゅうちょ》したのも、それがあったからだ。

――おれは警察の捜査に協力する。その代わり、あんたはおれの冤罪《えんざい》証明に手を貸す。

それでどうだ。

それが明石の提案だった。自ら手にかけた被害者の元恋人にそんな交渉を持ちかける厚顔さにあきれ、憤ったものの、その時点では、まさか明石の助言通りに犯人逮捕できるとは考えもしなかった。

しかし、犯人は逮捕された。

だとしたら、明石の冤罪証明に手を貸すべきではないか。

そもそも、明石は冤罪なのか――？

もしそうならば、明石を恨んで生きてきたこの十四年はどうなる。無実の罪で投獄され、死刑判決まで受けた明石の人生はどうなる。そして、恋人を殺した真犯人は、十四年もの間、のうのうと娑婆《しゃば》で生活できていたということなのか。

考えることが多すぎた。本能が拒否していた。この十四年のすべてが、間違いだったと認めることを。

「約束なんてしていない。おまえが自分勝手な条件を提案しただけだ」

「そう来たか」

簑島の反応は織り込み済みといった感じの、微苦笑だった。

「話は終わりだ」

腰を浮かせながら、ついでのように言う。「感謝する」

「まあ、待て」

明石は椅子《いす》に座ったまま、顎《あご》を持ち上げて簑島に視線を合わせた。

「三年前に発生した、品川区《しながわ》の一家五人惨殺事件、覚えてるか」

当然だ。三年前の九月初旬の未明、品川区戸越《とごし》の住宅街に建つ一軒家で、家族五人が殺害された。被害者は世帯主の三宅浩司《みやけこうじ》、妻の祥子《しょうこ》、娘の一華《いちか》、息子の玲人《れいと》、そして三宅浩司の母である聡美《さとみ》。

三宅邸は木造二階建て。三宅夫妻は一階の寝室、二人の子供は二階の子供部屋、母の聡美は廊下に倒れていた。被害者には打撲や切り傷、刺し傷が無数に見られたが、いずれも最後は頸動脈《けいどうみゃく》を切られたのが致命傷になったようだ。犯人は一家を惨殺した後、シャワーを浴び、冷蔵庫からビールを取り出して飲むなどしながら、数時間現場に留《とど》まっていたと見られる。午前六時過ぎ、隣家の住人が現場から立ち去る大柄な男を目撃していた。

一家惨殺という残虐性、その後しばらく現場に留まり、自宅のようにくつろぐという行動の異常性から、マスコミでも連日大きく報道された。

三宅浩司の書斎にあった金庫が空になっており、金庫のある部屋の床に母・聡美の血痕《けっこん》があったことから、犯人はほかの四人を殺害後、聡美に金庫を開けさせ、中のものを奪ったと考えられる。聡美が廊下に倒れていたのは、隙《すき》を突いて逃げ出そうとしたためだろう。

警察は特別捜査本部を設置して三百人体制で捜査にあたった。その結果、何十人もの容疑者が捜査線上に浮上したものの、逮捕には至っておらず、やがて捜査本部も縮小、現在では、事件は迷宮入りの様相を呈しつつある。

「あの事件について、おれなりに調べてみた」

明石の言葉に、簑島は眉根《まゆね》を寄せた。

「おれなりに？　どうやって。おまえは死刑囚だぞ。ここから一歩も出られない」

「言ったろ。おれには支援者がいる。外に出なくても、支援者がおれの目となり足となって、外の情報を集めてくれる」

「あの金髪がか？」

冷笑が漏れた。明石の指示があったところで、あの男にたいしたことができるようには思えない。

「おれの支援者は望月だけじゃない」

「ほかには誰が？」

「碓井《うすい》和章《かずあき》という男を知っているか」

「碓井……？」

知らない。初めて聞く名だ。

「フリーライターだ。事件発生当初から品川区一家五人惨殺事件を追っていて、半年ほど前、『週刊ルビー』に取材の途中経過を報告する記事を掲載した。その記事を読んで、彼にコンタクトを取った」

「『週刊ルビー』だと？　正気か。あんな雑誌」

ヌードグラビアや真偽不明の芸能ゴシップ記事ばかり扱っている、三流週刊誌だ。

「あんたは、そのあんな雑誌に掲載された『品川区一家五人惨殺事件の犯人に迫る』というルポルタージュを読んだか」

「読んでない」

「どうしてだ」

「その価値がないからだ」

「目を通してすらいないのに、なぜ読む価値がないと判断できる」

言葉が喉《のど》に詰まり、反論がワンテンポ遅れた。

「おれは忙しい」

「なんのために忙しくしている。凶悪犯をとっ捕まえて、治安を保つためだろう」

「担当外の事件《ヤマ》にまで首を突っ込む筋合いはない」

「錦糸町事件が解決して、いまは手が空いている。ストラングラーのものとされる一連の連続殺人については、あんたは専従から外れている」

「どこでそれを……」

「言っただろう。おれには支援者がいる」

明石が薄く笑い、簑島が不快そうに鼻に皺《しわ》を寄せる。

「だからといって、よそ様の縄張りは荒らせない」

「犯人がわかっていても、か」

絶句した。

「金本辰雄《かなもとたつお》。三十八歳。元暴力団員の男だ」

「そいつが犯人だと？」

「ああ。おそらくな」

「根拠は」

「金本には五百万を超える借金があった。それが事件の直後、完済されている。もともと金遣いが荒かったようだが、事件の後、新宿のキャバクラで豪遊するほどになった。もっとも、あぶく銭は身につかなかったらしく、すぐに使いはたしたようだが」

「それだけか」

「酔っ払って知り合いに犯行を匂《にお》わせる発言をしている」

簑島は疑わしげに目を細めた。

「被害者とのつながりはどこにある。金本という男は、どうやって被害者の家に多額の現金が保管されているのを知った」

「それはわからない」

「なに？」

「金本の行動を探るほど、やつへの疑いは濃厚になる。しかし被害者との接点が見つからない。金本は真っ当に働いたことすらなく、ずっと裏街道を歩んできたような男だ。かたや被害者の三宅浩司は大手家電メーカーの課長で、周囲からは生真面目《きまじめ》すぎてつまらないと言われるほどの堅物。とても接点があったとは思えない」

「本当に接点がなかっただけじゃないか」

「そう思うならそれでかまわない。殺人者が野放しになるだけだ」

痛いところを突きやがる。簑島は顔を歪《ゆが》めた。

「もし事件について調べてみる気になったら、碓井にコンタクトを取ってみるといい」

「さっきおまえが話していた、フリーライターか」

「そうだ。もし碓井と話したくなったら、望月に連絡してくれ」

望月。あの金髪の男。

「なんで望月が――」

明石は無視して立ち上がり、「終わりました」と背後の刑務官に声をかけた。

3

人混みの向こうに、きょろきょろと周囲を見回す金髪頭を見つけた。簑島のことを探しているようだが、こちらにはまったく気づかない。

「おい」と簑島が声をかけると、望月はぎょっとして肩を跳ね上げた。

「あーびっくりした。簑島の旦那《だんな》、忍者ですか。ぜんぜん気づかなかったです」

前に会ったときから感じていたが、少しばかり抜けたところのある男のようだ。

それにしても。

「旦那ってなんだ」

「だって、簑島の旦那だから」

「前はそんな呼び方してなかっただろう。やめてくれないか」

「わかりました。簑島の旦那」

閉口した。これ以上言っても無駄か。どうやら望月にとって、すでに簑島は協力者らしい。電話をかけた時点から、気持ち悪いほど好意的だった。

望月に先導され、渋谷の街を歩く。

しかし、あるときふいに、簑島の歩みが止まった。

望月が入っていこうとしているのは、道玄坂のホテル街だった。猥雑《わいざつ》な渋谷という街において、三百軒以上のラブホテルが密集した、もっとも濃厚な欲望の集う場所。そしてかつて簑島の恋人が、多くの男からの欲望を受け止め、欲望の捌《は》け口《ぐち》にされていた地。彼女が殺されたホテルも、この街にあった。

「どうしました？」

「なんでもない。行こう」

東京で刑事をやっていれば、この街と無縁ではいられない。当然、これまでに何度となく足を踏み入れてきた。拍子抜けするほど平気でいられるときもあれば、動悸《どうき》や発汗を必死に誤魔化さなければならないときもある。それでも、これまで周囲に異変を悟られたことはなかった。大丈夫だ。

望月は慣れた足取りで進んだ。ラブホテルに交じってライブハウスやクラブの建ち並ぶランブリングストリートから一本入ると、道も細く、建物同士の間隔も狭くなり、いちだん暗く、空気が淀《よど》む。

右折、しばらく進んで左折、数十メートル進んでまた左折したところで、簑島は立ち止まった。

「おい」

数歩進んで、望月が振り返る。

「はい。なんでしょう。簑島の旦那」

「おれのことを馬鹿にしてるのか」

「へっ……」

望月はわけがわからないという顔で、しきりに瞬《まばた》きをしていた。

「なんでわざわざ遠回りする」

このまま進めば、最初に入った道の延長線に合流する。何度も曲がらなくても、直進していればこんなに時間はかからなかった。

どう答えるべきかという感じに視線を泳がせた後、望月が頰をかく。

「すんません。変に気を回しすぎかとは思ったんですが……」

はっとなった。

最初に入った道を直進していれば、真生子が殺されたホテルの前を通っていた。あえて遠回りしたのは、簑島への気遣いだったらしい。

「すまない。なにを企《たくら》んでいるのかと、邪推した」

「いいえ。おれが悪かったんです」

根は悪いやつではないのだろう。むしろ素直で感化されやすそうだ。だからこそ、明石にいいように操られているのかもしれない。

「あのホテルは、まだ残っているのか」

真生子が殺された『ホテル万年《まんねん》』。十四年前の時点でもすでに古かった。殺人事件が起こったことで廃業に追い込まれたが、建物自体は廃墟《はいきよ》として残り続けていた。仕事で渋谷を訪れた際に、何度か前を通りかかったことがある。煤《すす》けた壁はスプレーで落書きされ放題で、こんなうらぶれた欲望の掃きだめのような、性行為をするためだけに作られた場所に真生子が自ら足を踏み入れたとは、到底信じられなかった。

「五年前に取り壊されました。取り壊しにも金がかかるってオーナーが渋ってたみたいで、だからずっと残ってたんですけど、当時のオーナーが死んで、息子が土地を売り払ったそうです。いまは新しいビルが建って小洒落《こじやれ》たバーが入ってます」

最後にこの目で廃墟を見てから、少なくとも五年は経過しているということか。

目的地は、そこから三分ほど歩いた場所だった。

簑島はしばし呆然《ぼうぜん》となった。ガラス張りのエントランスが、えらく高級そうなマンションが建っている。電話で話したとき、望月は「アジト」という表現をしていたので、安アパートのような場所をイメージしていたのだが。

振り返った望月が、不思議そうに首をかしげる。

「ここは、きみの家か」

「いいえ。違います。明石さんの冤罪証明のために借りてあるんです」

風貌《ふうぼう》や挙動から育ちの悪いチンピラとばかり決めつけていたが、望月は金持ちのボンボンかなにかなのだろうか。

エントランスをくぐる。中庭には、道玄坂のラブホテル街と思えないほど、美しく手入れされた緑が広がっていた。

アプローチを抜け、エレベーターで三階にのぼった。

贅沢《ぜいたく》にも、ワンフロアに二世帯しか入っていないようだった。第一印象の通り、かなりの高級物件らしい。望月は「借りてある」と言ったので賃貸だろうが、賃料はいくらぐらいだろう。そんな下世話なことを考えながら金髪の後頭部を眺めていると、望月が振り向きながら部屋の扉を開けた。

「どうぞ。入ってください」

そこだけで生活できそうなほど広い玄関でスリッパに履き替え、大理石の廊下を進む。

広々としたリビングには余裕を持って家具が配置され、大きな窓からふんだんな陽光が降り注ぎ、映画のセットのようだった。あらためて圧倒された。

「碓井さんは？」

「もういらしてます。たぶん資料室のほうにいるんじゃないかな」

ここだけでなく、ほかに部屋があるらしい。

なかばあきれながら、望月についていった。

部屋の端にある扉を、ノックする。

「碓井さん」

「おう」と扉の奥からくぐもった声が応じた。

「簑島さん、いらっしゃいました」

まるで自分の部屋に招くみたいな口ぶりだ。

「入りなよ」

望月が扉を開く。

そして簑島は言葉を失った。

まるで図書館だった。背の高い書棚で壁が埋め尽くされ、書棚にはぎっしりと書物が詰まっている。広々としたリビングルームとは対照的に、薄暗く圧迫感のある空間だった。だがもしかしたら、物が多いから狭く感じるだけで、広さ自体はリビングルームと変わらないのかもしれない。

部屋の中央には大きなテーブルが置かれていて、テーブルを囲むように椅子が並べられている。そのテーブルに足を載せ、書類を読んでいる男が、碓井らしい。パーマのかかった髪をべったりと撫《な》でつけ、シャツの胸もとを開けて灼《や》けた肌を覗《のぞ》かせている。少し前に流行《はや》ったチョイ悪オヤジの生き残りといった風貌だ。見るからに胡散臭《うさんくさ》い。

碓井らしき男は眼鏡をずり下げ、上目遣いに簑島を見た。

「あんたが、簑島さん？」

「そうです。碓井さんですか」

「フリーでライターやってる、碓井和章です」

碓井は頷《うなず》くようなお辞儀こそしたものの、デスクから足をおろさない。

「『週刊ルビー』の記事を読ませてもらいました」

「どうだった？」

「よく取材してあると思いました」

偽らざる本心だった。捜査資料に記された以上の情報こそないものの、明らかなデマもなく、丹念に裏取りされた苦労の跡がうかがえる記事だった。記者クラブに入っていないフリーライターが書いたものとしては、上出来と言える。

「それは嬉《うれ》しいな」

ようやく碓井が足を床におろす。「根無し草のおれみたいなライターがあそこまで調べるの、なかなか大変だったんだよ。ケーサツの皆さんからぞんざいに扱われましてねえ」

皮肉たっぷりの口調に、曖昧《あいまい》に顔を歪めるしかない。

望月から椅子を勧められ、簑島は碓井の斜め向かいの席に着いた。

「なんか飲み物、持ってきましょうか」

　碓井がグラスを持つしぐさで応じる。

「おれは水割り」

　そして簑島を見た。「簑島さんも、同じでいい？」

「いや。水で」

「わかりました」

　望月が部屋を出ていく。

「すごいよねえ」碓井がしみじみと部屋を見回した。「よくもまあ、ここまで。感心するよ」

　書棚を埋める書物のことを言っているらしい。

「お堅い法律書から事件を扱った三文週刊誌まで。ぜーんぶ、明石の冤罪証明のために資料として集めたらしい。すべてに目を通せているのかは、疑問だけど」

「これはすべて、望月が？」

「いやいや。あいつ一人にできることじゃない。そもそもあいつじゃ漢字につっかえてまともに読み切れんでしょ」

　そういえば明石も、支援者が複数人いるのを匂わせていた。

「明石の支援者は、ぜんぶで何人ぐらいいるんですか」

「さあね。正直なところ、まだ全貌《ぜんぼう》は把握できていない。明石と知り合って三か月ほどしか経っていないもので」

そのわりにはずいぶんこの場所に馴染《なじ》んでいるようだが。

「明石から手紙が届いたんですよね」

「あんたが読んだおれの記事を、明石も読んでくれたらしくてね、ぜひ話してみたいから面会に来て欲しいという内容だった。十四年前のオリジナル・ストラングラーについてはもちろんおれも知っていたから、直々に手紙をもらって出向かないわけにはいかないよな、ジャーナリストの端くれとしては」

このところ世間を騒がせているストラングラーと、十四年前の明石の連続殺人における標的の選び方、手口の共通性については一部マスコミが騒いでいる。オリジナル・ストラングラーとは、その界隈《かいわい》で使われている明石の二つ名だった。

「いざ面会に行ってみたら、自分は無罪だからその証明に協力して欲しいって言われて、目玉が飛び出しそうになったぜ」

碓井が懐かしそうに笑う。

「碓井さんはどうお考えですか。冤罪事件だと思われますか」

うーん、と唸《うな》り声が返ってきた。

「まだ明石という男を計りかねている。やつからは底知れぬ闇《やみ》のようなものを感じる。けれど、あの望月というガキを見ればわかるように、人を惹《ひ》きつける妙な魅力も持っている。まあ、殺人鬼ってのは、そういうものなのかもしれないけど」

自嘲《じちょう》するような笑みが挟まった。

「事件についての資料を読み返してみたが、明石は一貫して犯行を否認している。けれど、犯行時点での記憶が曖昧だったり、殺される直前の被害者と連絡を取り合っていたり、凶器のロープが明石の自宅アパートから発見されたりと、状況証拠、物的証拠はガチガチのクロを示している。それにたいして合理的な反論はいっさいできていない。おれが裁判官でも有罪にする、かなあ」

碓井が人差し指で顎《あご》をかく。

「冤罪の証明に協力されるつもりですか」

「そりゃ、品川区一家五人惨殺事件の本ボシを挙げられるか次第だな」

両手で額から後頭部へと、髪の毛を撫でつけるしぐさをしてから、碓井は続けた。

「おれは最初、やつの申し出を断った。かなり興味深い話ではある。だが状況を分析する限り、明石の無実はない。明石にしてみれば万に一つでも再審請求が通ればと考えているのかもしれないが、客観的に判断してその可能性はゼロに近い。だからやつのために動いても無駄になる。だいいち、おれは品川の事件を取材中だったからな。ほかの事件にかかわっている暇はない。そう言ったら、やつ、なんて言ったと思う？」

「品川の事件を解決してやるから協力しろ」

すんなりと答えることができた。

「ご名答。よくわかったな」

「同じですから。おれの場合と」

碓井がほおっ、という顔になった。

「そっちはどういう条件だったの」

「捜査協力をする代わりに、冤罪証明に協力して欲しい」

「そいつはすげえな」

碓井が愉快そうに膝《ひざ》を打つ。「死刑囚が警察の捜査に協力だなんて、前代未聞だ」

ちょうどそのとき、望月が部屋に戻ってきた。

「でも実際、明石さんの助言で事件が解決しましたよ」

誇らしげに言いながら、碓井に水割りのグラス、簑島にも水の入ったグラスを手渡す。

「その結果、刑事が死刑囚に協力する羽目になったってこと――」

カラカラと水割りの氷が鳴る。

「まだです。明石に協力するなんて、一言も言ってない」

「えっ……」望月はショックを受けたようだった。

その顔を見ないようにして、簑島は言った。

「やつが一方的に提示してきただけです。錦糸町の事件《ヤマ》は、明石の助言がなくても遅かれ早かれ解決した。おれが今日ここに来たのは、碓井さん、あなたと話をするためです」

碓井はグラスに浮いた氷を小指でかき混ぜる。

その小指を取り出し、グラスの縁で軽く拭《ぬぐ》った。

「明石の腹が読めたぞ。あんたをいきなり自分の事件の冤罪証明に協力させるのは難しいと踏んで、まずはおれの事件を解決させようとしているらしい。未解決の品川区一家五人惨殺事件を解決できれば、おれを味方に引き入れることができる。そしてあんたにとっても、明石にたいする認識をあらためるきっかけになる」

「そういうことだったのか」とこぶしで手の平を打つ望月ほど、簑島は素直ではない。

「関係ない事件が解決したところで、おれの認識は変わりません」

碓井は意味ありげに簑島を見つめていたが、やがてグラスを呷《あお》った。

「まあいい。どうやらあんたは、明石が寄越《よこ》した助っ人ってことらしい。よろしくな」

「明石は、金本辰雄という男が犯人だと言っていましたが」

「ああ。おそらくそうだと、おれも考えてる」

「金本と被害者一家の接点がわからないと聞きました」

「そこが問題なんだ」

碓井が両手を後頭部にあて、かぶりを振る。

「被害者一家との接点がわからないというのに、なぜ金本に辿《たど》り着いたんですか」

おかしな話だ。普通は被害者からのびた蜘蛛《くも》の糸のような人間関係を辿った先に、犯人がいる。先に犯人だけがわかっていて、被害者との接点がわからないというのは、不可解きわまりない。

「犯罪者プロファイリング……っていうのかな、最初に面会に行ったとき、明石が犯人像を予想したんだ」

「プロファイリング？」

「ああ。プロファイリング以前に、目撃証言から男が大柄な男だということは判明している。おそらく単独犯であろうということも」

碓井が明石を真似《まね》たような口調になる。

「さらに犯行後、しばらく現場に留まるという落ち着き払った行動、一家五人を殺害したにもかかわらず、近隣住民が争うような物音や悲鳴一つ聞いていないという事実から、犯人は殺人に慣れている。しかし現場には指紋等証拠が数多く残されており、証拠を隠滅しようという努力もしていないため、警察を恐れてはいない。ということは、服役経験はない。暴力が日常の世界で生きている反社会的勢力の一員。しかし単独で犯行に及んでいることから、すでに組織を辞めている可能性が高い。だから反社関連から辿っても、犯人に行き着く可能性は低い」

簑島はひそかに衝撃を受けていた。

碓井に会うにあたり、捜査資料に目を通した。そして、犯人は反社会的勢力の一員ではないかという印象を受けた。当時の捜査本部も、同じような方針で都内の反社会的勢力を徹底的に洗ったようだった。反社会的勢力に属する者を何人も任意同行し、事情聴取したようだが、逮捕には至らなかった。だが明石は、犯人を事件当時すでに反社会的勢力に属していなかったと推理している。明石の推理が正しければ、警察の捜査はまったくの見当はずれということになる。

「それなら、どうやって絞り込んだんですか」

犯人が反社会的勢力に所属しているなら比較的絞り込みやすい。だがそうでないとわかったところで、絞り込みの材料にはならない。

「ＤＶシェルターだ」

「ＤＶシェルター？」

近親者から暴力被害を受けた配偶者や子供を隔離・保護する施設。

それが事件となんの関係が？

「明石によれば、現場での落ち着き払った行動から、犯人は三十代以上。非常に暴力的ではあるが、強引な性格は異性には魅力的に映ることもあるので、結婚経験があってもおかしくない。とはいえ、犯行時刻は未明。妻を自宅に残して一晩じゅう外出すれば、妻が不審に思うだろう。事件の報道と結びつけ、犯行が露見する可能性も出てくる。しかし夜が明ける前に立ち去ることもできたのに、犯人はそれすらせずに、朝まで現場に残ってくつろいでいる。だからすでに結婚生活は破綻《はたん》していた可能性が高い」

「妻が夫の犯行を黙認している、あるいは自覚的に共犯関係にある可能性は」

「おれもそれは指摘した」と、碓井は額をかいた。

「一〇〇％はありえないが、その可能性は低いとさ。犯人は暴力的で支配的な性格。妻は犯人の強引さに押し切られるかたちで交際・結婚に至っている。だからどちらかといえば自己主張が弱く、従順でおとなしい性格。不幸にも犯人と出会い、結婚してしまったが、それさえなければ平凡な家庭を築き、それで満足したような欲のない女性。夫が強盗を、しかも人殺しを伴う強盗を働くと知って、平気でいられるような人物ではない。もし夫の所業を知っていれば、遅かれ早かれ警察に通報した。明石はそう言っていた」

碓井はグラスの水割りで唇を潤し、続ける。

「現場の状況を見る限り、犯人は女子供にも平気で暴力を振るう異常者だ。暴力を楽しんでいるような印象すら受ける。家庭では妻にたいしても、日常的に暴力を振るっていた可能性が高い。それも生命の危険すら感じるほどの。犯人にはおそらく子供がいる。気が弱く従順な性格の妻が犯人との関係を断とうと決めたのは、自分だけでなく子供に危害が加えられることを恐れたから。ただ支配的な性格の犯人が、妻からの離婚の申し出に素直に応じるとは考えにくい」

「だからＤＶシェルター」

「そういうことだ」

碓井が脚を組み替えた。

「明石の話を聞いた時点では、半信半疑だった。なにしろ相手は死刑囚だ。非常に賢い男だというのは話せばすぐにわかるが、同時に、他人を操縦するのに長《た》けているという印象も受けた。こいつの言うなりになって大丈夫だろうか、という疑念も小さくはなかった」

「大丈夫ですよ。明石さんはそんな人じゃ――」

会話に割り込んでくる望月に「まあ、待て」と軽く手を上げて黙らせる。

「だがおれもジャーナリストだ。死刑囚が殺人事件の犯人像を推理するなんて、こんなおもしろい話はない。明石の真意はともかく、ひとまず乗っかってみることにした」

「その結果、金本という男に辿り着いた」

「ああ。明石の推測では、妻子に逃げられてから事件を起こすまで、せいぜい二年ほどしか経っておらず、事件の時点で正式な離婚も成立していないだろう、ということだった。おれは事件から遡《さかのぼ》って二年以内に、条件に合致する女がDVシェルターに駆け込んでいないかを調べた」

「そういう場所は、避難者のプライバシーを明かさないのでは」

「もちろんそういう建前になっている。だが民間運営のシェルターなんかはガバガバだ。プロが本気で調べようと思えばどうとでもなる。まあ、中には避難者の情報を入手できなかったところもあるが、情報はもはや必要ない」

「金本という男が、浮かび上がったからですね」

そういうことだ、と碓井が頷く。

「金本辰雄。三十八歳。現在は新宿区百人町《ひやくにんちょう》の賃貸マンションで若い女と二人暮らし。戸籍上の妻とは、事件の数か月後に離婚が成立している。事件で大金を手にして借金も完済し、古女房は用済みになったというところか。若い女との蜜月《みつげつ》も奪った金が尽きたせいか、それとも生来の粗暴さを抑えきれなくなったか、まあ両方だろうな、最近は上手《うま》くいっていないらしく、激しい喧嘩《けんか》で何度か警察を呼ばれる騒動を起こしている」

「酔っ払って知り合いに犯行を匂わせる発言をしたと聞きましたが」

「おれが」と望月が待ってましたとばかりに、簑島の隣の椅子を引いた。

「やつが豪遊した歌舞伎町《かぶきちょう》のキャバクラに勤めていた女の子から聞きました。あまりに金払いがいいから、冗談めかして訊《き》いたらしいんですよ、もしかして悪いことして稼いだお金じゃないの……って。そしたら、金本が言ったらしいんです。悪いことしてるよ、五人家族が全員殺された事件、あれはおれの仕業だから、と。その後すぐに、冗談だよって否定して、笑い話になったそうですけど」

「それはいつごろの話だ」

「事件発生から二か月ぐらい経ったころみたいです。だいたいそれぐらいから頻繁に店に顔を出すようになって、半年ぐらいはおよそ週に一日のペースで頻繁に通っていたけど、オキニの女の子へのお触りが酷《ひど》くって、最後は出禁みたいなかたちになって来なくなったそうです。もっとも、最初はアルマンドをバンバン空けるほど羽振りがよかったのが、だんだんケチるようになってたみたいなんで、店側としても女の子に我慢を強いる価値のある客ではないと判断したのかもしれません。どうです。怪しいでしょう」

望月は得意げだが、簑島は懐疑的な姿勢を崩さなかった。

「それだけで一家五人惨殺事件と結びつけるのは、早計だと思うが」

「アルマンドですよ。アルマンド。キャバで頼んだら一本で十万ぐらいは平気で飛ぶ、高級シャンパンです。それを一日に何本もオーダーしてたって言うんだから、普通じゃない」

望月が両手を広げて強弁する。

「金を持ってたってだけで疑うことはできない」

「だけど金本はまともな職に就いてないんです。たまに堅気の仕事をしても、長続きせずに辞めることを繰り返している」

「金を作る手段は仕事だけじゃない。投資や相続の可能性も、ないとは言えない」

「本当にそんなことを思ってるのか」

碓井が眼鏡の奥で目を細めた。

「金本の金遣いが目立ち始めたのは事件発生から二か月後のことだが、多重債務の五百万については、犯行の翌週には完済されている。それまで五百万あった借金が、品川区一家五人惨殺事件の発生後一週間でいっきにプラスに転じているんだ。これが偶然だと言えるのか」

反論ができず、簑島は顔をしかめた。

「金本には巨額の相続ができるような恵まれた家庭環境もなければ、投資で金を増やす才覚もない。女は抱く。気に入らないやつは殴る。金はあるだけ遣う。そういう刹那《せつな》的《てき》な生き方しかできない人間だ。おまけに、ヤクザですらいられなかったような半端者だ。窃盗や詐欺グループでやっていけるだけの協調性すらないだろう。そんなどうしようもない男が大金を手にした。なにかやってる」

しばらく沈思した後、簑島は口を開いた。

「碓井さんは、明石を信じるんですか」

「まだ明石陽一郎という人間を信じるには至っていない。だが、明石の推理には信じてみるだけの価値があると、いまは思っている」

柄にもないことを言ってしまったという感じの、照れ笑いが漏れる。

軽く唇を嚙《か》み、簑島は顔を上げた。

「わかりました。協力します」

「よっしゃ。そうこなくっちゃ」

望月がガッツポーズを作った。

これっきりだ。そう思いつつも、そうはならないだろうという予感がする。

「具体的には、なにをすればいいんでしょう」

「明石があんたを寄越したということは――」

碓井が言いかけたとき、扉の開く音がした。

簑島が振り返ると、すらりと背の高い女が入ってくるところだった。年齢は三十歳前後といったところか。長い黒髪に、ノースリーブの白いカットソーと黒いパンツという服装からは、シンプルだが洗練された印象を受ける。

「あ。仁美《ひとみ》さん」

望月が嬉しそうに言い、「邪魔してるぜ」と碓井が軽く手を上げる。

仁美と呼ばれた女は碓井に軽く頭を下げ、簑島を見た。

「あなたが朗くん？」

女性にしてはやや低い声で問いかけられ、簑島は我に返った。

「は、はい。簑島です」

心臓が早鐘を打っていた。

よく見ればまったく似ていない。だが彼女を見た瞬間、真生子が部屋に入ってきたのかと錯覚した。なぜそう感じたのかわからない。真生子のほうが背が低いし、目もぱっちりとして、素朴な印象だった。モデルと見まがうような仁美とは、似ても似つかない。

「明石仁美です」

女はそう名乗った。

「明石……って、えっ？」

簑島は思わず目を瞠《みは》る。

明石という苗字《みょうじ》なのは、偶然だろうか。それとも明石陽一郎の血縁かなにかだろうか。

「仁美さんは明石さんの奥さんです」

望月の説明を理解するまで、少し時間が必要だった。

4

「明石の……？」

明石仁美は死刑囚・明石陽一郎の妻。

それがわかっても、簑島はなおも混乱していた。明石が逮捕されたのが十四年前。仁美はせいぜい三十歳ぐらいにしか見えないが。

「明石の妻の仁美です。明石がお世話になっています」

仁美はややおどけた調子でお辞儀をした。

「あ、ああ」どう反応していいのかわからない。

「明石が結婚していたなんて、知りませんでした。こんな……」

言いよどむ簑島を、仁美が上目遣いで見つめる。

「こんな？」

「こんな……」

薔薇《ばら》の花のような匂いが、ふわりと簑島の鼻孔《びこう》をかすめた。

「綺麗《きれい》な？」と仁美が言うのと、「若い」と簑島が言うのは同時だった。

「なぁんだ。綺麗な、って言われるのかと期待したのに」

指を鳴らすしぐさをしながら仁美が悔しがる。

「おれが言ってやろうか」

雅井がいやらしく目を細め、仁美が鼻に皺を寄せる。

「雅井さんから言われても嬉しくないし」

「なんで？」

「言葉が軽いもん」

「おいおい。失礼だな。こちとら言葉を扱うプロだぞ」

「だからじゃないの。言葉を操ってお金を稼いでいる人に、上手い言葉で褒《ほ》められたところで鵜《う》呑《の》みにはできない」

「そういうもんかね」

雅井が肩をすくめる。

「そう。雅井さんなんかより、こういう真面目を絵に描《か》いたような男の言葉のほうが重いし、嬉しい。それに、けっこうイケメンじゃないの」

息がかかるほどに顔を近づけられ、顔が熱くなる。

「人妻がなに色目使ってんだ」

雅井は不服そうに鼻を鳴らした。

「私みたいな立場でも、貞操を守らないといけないものかな」

「ったりまえだろ。なんもないって言っても、法律上は夫婦なんだ」

なんも……？

簑島の顔に浮かんだ疑問を察したらしく、仁美が唇の片端を吊《つ》り上げる。

「獄中結婚なの」

「ああ」そういうことか。すべてがすとんと腑《ふ》に落ちた。

「まだ一年経ってない新婚なのに、自分で慰めるしかできない新妻って憐《あわ》れだと思わない？」

吐息まじりの問いかけに、簑島の全身が硬直する。

「なにが憐れだ」碓井が鼻で笑う。

「簑島さんよ、あんた気をつけたほうがいいぞ。新妻といってもこの女には離婚歴がある。しかも、離婚のときに前の旦那からふんだくった金で、働かずに贅沢な暮らししてる毒婦だ」

「失礼ね。離婚に際して財産分与を請求するのは、当然の権利でしょう」

仁美が心外そうに腕組みする。

「権利、ねえ。指一本触れさせてもらえないまま、財産の半分持って行かれた旦那がつくづく気の毒だ」

「だって生理的に無理だったんだもの」

「なら結婚するなっての」

「お金持ってたし、大丈夫になるまで待つって言ってくれたし」

「生理的に無理なものが、一緒に暮らしたからって大丈夫になるわけないだろう」

なあ、と同意を求められ、簑島は曖昧に首をかしげる。

「このアジトの家賃も、仁美さんが払ってくれているんです」

望月が嬉々《きき》としながら明かした。

話の流れからなんとなくそんな気がしていた。それにしても謎《なぞ》が多い連中だ。

「碓井さん。先ほどなにか言いかけてましたよね」

簑島は気を取り直して訊いた。

「なにかって、なんだっけ」

碓井が自分の頭を撫でる。

「おれになにができるのかと訊《たず》ねたら――」

「ああ。そうだった」

「喉《のど》が渇いた。望月くん、なにか飲み物持ってきてくれる」

「わかりました」

望月が椅子を引き、代わりに仁美が同じ席に座る。

「なんにします？」

「今日ちょっと暑いし、スッキリしたいな。シュワシュワしたやつ」

脚を組み替えながら、仁美が手で自分を扇《あお》ぐ。

「ペリエとかですか」

「アルコール入ってるほうがいい」

「わかりました」

「おれもお替わり」

碓井が氷だけになったグラスを掲げる。

「オッケーです。簑島の旦那は？」

「おれは、いい」

小さく手を振って断った。グラスの水はほとんど減っていない。

「朗くんは下戸なの？」

「いえ。そういうわけでは……」

「ならいいじゃないの。望月くん、朗くんにもシャンパン」

「いや。勤務中なので」

「一杯ぐらいいいじゃない。付き合いなさいよ。望月くん、お願い」

「はいっ」

望月が部屋を出ていってしまった。

「捜一の刑事さんも女にゃ弱いか」

笑いを噛み殺す碓井をひと睨《にら》みし、話の続きを促した。

「さっきの話の続きを」

はいはい、と肩をすくめ、碓井が話し始める。

「明石があんたを寄越したということは、なにをするべきか明白だ」

ちらりと仁美を見ると、話の内容には興味なさそうにスマートフォンをいじっていた。

「おれになにをしろと？」

「品川事件の犯人は、おそらく元暴力団員の金本辰雄だ。だが被害者との接点がわからない。金本の身辺を洗おうにも、事件発生からすでに三年が経過している。証人の記憶は薄れるし、物証だって、新たに見つかる可能性は低い。いっぽうで、事件の現場には多くの遺留品が残されていた。犯人のものと思われる指紋や、ＤＮＡがな。それらと照合すれば、犯人と被害者の接点がわからなくとも、犯行を立証することができる」

簑島は眉根を寄せた。

「金本は同棲中《どうせいちゅう》の女との喧嘩で、何度か警察を呼ばれているんですよね。指紋は」

碓井がかぶりを振った。「採取されていない。署には連行されていないからな。口頭での厳重注意ってやつだ」

だとすれば、警察には金本の指紋が保管されていない。照合のしようがないではないか。

だが数秒の沈黙の後、碓井の言わんとすることを理解し、目を見開いた。

「別件で逮捕しろっていうんですか」

「明石が、刑事であるあんたを助っ人として寄越したのは、そういうことだろう」

「しかし……」

碓井がテーブルに肩肘《かたひじ》をつき、身を乗り出してくる。

「そんなに難しいことでもない。金本は元暴力団員だし、女に平気で手を上げるような粗暴な人間だ。むしろ逮捕歴がないのが不思議なぐらいだ。そうだろ？」

「だとしても、逮捕されないだけの知恵と自制心はある」

でなければ、これまで逮捕歴なしでいられるわけがない。

「知恵なんてたいそうなものじゃない。臆病《おくびょう》なだけだ。マークする必要もない小物だって
だけで、張り付いていればいずれボロを出す」

そう上手くいくだろうか。金本を逮捕拘束するためには、犯行を現認する必要がある。

いくら暴力的な男とはいえ、街中で喧嘩を売りながら歩くわけでもあるまい。

そのとき、簑島の懐《ふところ》でスマートフォンが振動した。

確認してみると、外山からの音声着信だった。

「外山さん……なんの用だ」

「かまわない。出てくれ」

碓井の言葉に甘えることにした。

スマートフォンを耳にあてる。

「もしもし。簑島さんですか。お久しぶり、でもありませんね。最後にお会いしてから、
まだ数日だ」

相変わらずのハキハキとした話し方だ。

「お疲れさまです。どうなさったんですか」

「錦糸町事件解決のお祝いでも……と言えればよかったんでしょうが、先ほどうちの課に

妙なタレコミの電話がかかってきまして」

「どんな内容ですか」

「私もよく理解できていないのですが、簑島さんが、三年前に品川区で起きた強盗殺人事件の解決の手がかりを握っているとかなんとか」

「えっ……？」

碓井の顔を見ると、きょとんとした顔で肩をすくめられた。

隣の仁美は、我関せずという感じでスマートフォンをいじっている。

「三年前の事件ってあれですよね、家族五人が殺された……」

「えっ、と……」

簑島の狼狽《ろうばい》を、肯定と捉えたようだ。

「どういうことなんですか。簑島さん、あの事件を担当されていたんですか」

「いいえ。違います」

「じゃあなんで簑島さんが解決の手がかりを……まさかまた、明石の助言ですか」

鋭い。だが話していいものだろうか。

逡巡する簑島とは対照的に、外山の動きは早い。電話口から弾んだ息が聞こえる。

「いま、どこにいらっしゃいますか。これからすぐに向かうので、直接会って話をしましょう」

自動車の走行音がひっきりなしに聞こえる。タクシーでも拾おうとしているようだ。

さすがにこの場所に招くわけにはいかない。新宿駅南口を待ち合わせ場所に指定し、通話を終えた。

そのタイミングで、盆にグラスを載せた望月が部屋に入ってきた。

「お待たせしました。碓井さんは水割り、仁美さんはシャンパン、簑島の旦那も同じでいいですよね」

望月が日の前に泡の立つグラスを置く。その骨張った細い手首を、簑島はつかんだ。

「な、なにするんですか」

「錦糸町署の刑事課にタレコミの電話を入れたのは、きみか」

飲み物を取りに行くふりをして、錦糸町署に電話をしたのだろう。

返事はない。だが、見開いた目に怯《おび》えを浮かべたその表情だけでじゅうぶんだった。考えてみれば、ここにいる中で、外山と面識があるのは望月だけだ。

「どうしてそんなことをした」

「えっ、と……」

「外山さんは関係ない。なんで巻き込む」

すると、予想外の方向から声がした。

「私が指示したの。錦糸町警察署の刑事課に電話してって」

仁美だった。

簑島が顔を向け、仁美はようやくスマートフォンから顔を上げる。

「あなたが?」

どういうことだ。そもそも彼女は、外山の存在すら知らないはずでは。

「正確には私じゃなくて明石の指示。私はそれを望月くんに伝えただけ」

「明石の……?」

意味がわからない。なぜ明石が。

「ええ。人手はないよりあったほうが助かるじゃない。なにも無理を言って引っ張り出しているわけじゃない。望月くんは、朗くんが一家五人惨殺事件の解決の手がかりを握っていると伝えただけ。手伝ってくれとは、一言も口にしていない。そうよね」

仁美から確認された望月が、激しく首肯する。

「そういう問題ではありません。関係のない外山さんを巻き込まないで欲しい」

「彼はそう思っていないようだけど。これから会うんでしょう」

簑島は顔を歪めた。

「それに、たぶんこの話を聞けば、朗くんも外山刑事と会いたくなると思う」

仁美の顔が近づいてきて、思わず身を引いた。

彼女の顔には、いたずらっ子のような笑みが浮かんでいた。

5

視界の端で動く気配がして、簑島は黒目だけをそちらに向けた。

派手な色遣いのシャツを着た短髪の男が、パチスロ台を離れようとしていた。金本辰雄だ。

金本は隣の台を打つ中年女が足もとに積み上げたドル箱を恨めしそうに睨《にら》み、肩で風を切るようにして歩き出す。横一列に並んだ台の回転数を確認しながら、こちらに向かってきた。簑島は視線をパチスロ台の回転するリールに戻した。

簑島と背中合わせの台の列では、外山がパチスロ台に向かっている。

外山の後ろを通過しようとした金本が、ふいに足を止めた。薄い眉の根を寄せながら、怪訝《けげん》そうに外山を見つめる。

なにか勘づかれたか。

ひやりとしたが、どうも雰囲気がおかしい。

二人はなにやら言葉を交わすと、外山が場所を空けるように身体をかたむけ、代わりに金本が台の前に身を乗り出した。金本は回転するリールを見つめ、親指でボタンをとん、と押す。そして外山に軽く手を上げ、ふたたび歩き出した。簑島の背後を通過し、左右の台を見ながら店の出口へと向かう。

簑島は席を立ち、外山に声をかけた。

「なにやってたんですか」

「苦手なの？　って声をかけられて、目押しをしてくれたんです。違法改造台のガサを入れるときに打たされたりしたことはあるんですが、あのときから上手いこと目押しができなくて」

外山の台は当たってしまったようだ。外山の向かう台の下皿には、勢いよくコインが吐き出されている。

「行きますよ。金本が店を出る」

「でもこれ、当たり……」

外山はコインがあふれそうな下皿をちらちらと見たが、「あーもう」と踏ん切りをつけるように立ち上がった。

金本は店を出ようとしていた。二人も後を追って店を出る。

どっちだ。顔を左右に振って、金本の姿を探す。

パチスロ店は、西武新宿駅前通り沿いにあった。位置的には歌舞伎町の外れで、狭い歩道に人があふれている。

パチスロ店を出て左側のＪＲ新宿駅方面に、金本の後頭部が通行人の群れからひょっこりと飛び出していた。金本は背が高い。一九〇センチ弱といったところだろうか。その特徴は、品川事件の現場で目撃された不審な男の特徴と一致する。

簑島と外山は気づかれないように適度な距離を保ちつつ、金本を尾行した。

「本当にあいつ、喧嘩売りながら歩いてるみたいだ」

外山が背伸びしながら、あきれたように言う。

金本は肩をいからせ、周囲を威圧するように睨みつけながら歩いていた。歌舞伎町界隈であんな様子ならいつ暴力沙汰《ざた》になっても不思議はない。そうなったらすぐに現行犯逮捕できるのではと期待したが、意外になにも起こらないものだ。ヤクザ者でも、明らかにおかしな人間とのかかわり合いは避けたいらしい。ときおり警察官に呼び止められ、職務質問を受けるものの、なにごともなく解放されていた。

金本は牛丼《ぎゅうどん》店で食事をした後、JR新宿駅東南口方面に移動し、付近のパチンコ店を何軒か冷やかした。碓井から聞いた通り、ろくに仕事をしていないようだ。最近では、渋谷のキャバクラで働く若い恋人の稼ぎをあてにしている状態らしい。

その後もふらふらと新宿の繁華街を歩き回った挙げ句、新宿駅から新大久保《しんおおくぼ》駅までひと駅分の距離を歩いて、百人町のマンションに戻った。

すでに陽《ひ》が落ちている。キャバクラで働く金本の恋人は、出勤しているだろう。

碓井によれば、金本の恋人の名前は長岡悠奈《ながおかゆうな》。渋谷センター街にあるキャバクラ『プリティグッド』に希美《のぞみ》という源氏名《げんじな》で勤務している。帰宅時間は日によって異なるものの、遅くとも深夜二時ごろ。客とのアフターに応じることはなく、毎日、勤務が終わるとタクシーで真《ま》っ直《す》ぐに帰宅している。金本が嫉妬《しっと》深いためではないかと、碓井は推測していた。

「なにもありませんでしたね」

マンションの玄関を眺めながら、外山がなで肩をさらに落とす。凶悪犯罪の犯人といっても、日常的に法を犯しているわけでもないだろう。かりにそうであれば、とっくになんらかの犯罪で検挙され、品川事件との関連も判明している。

「どうしますか。金本がまた出てくるのを待つか、それか、金本の女が勤めている店を訪ねてみるのも、いいかもしれません。牛丼が晩飯だったとすれば、金本のやつ、この後はもう出かけないかもしれませんしね」

「それより、ちょっと外山さんと話しておきたいことがあるんですが」

「かまいませんが、なんでしょう」

外山が不思議そうに首をかしげる。心当たりがまったくないという雰囲気だ。

「東京拘置所に行ったそうですね」

錦糸町警察署刑事課に電話を入れて外山を呼び寄せたのは、望月だった。そして、望月にそう指示したのは仁美だった。だが仁美すらも自らの意思ではなく、明石の指示を受けて望月に電話をかけさせていた。奇妙なのは、なぜ明石が外山を知っているのか、という点だった。簑島とペアを組んでいた所轄の刑事に手伝わせろ、という感じの、漠然とした指示だったのかとも考えたが、違った。

明石は外山のことを知っていた。

外山が、東京拘置所を訪ねたからだ。

死刑囚もしくは受刑者への面会は当然の権利で、簑島に外山を責める理由はない。だが外山は簑島と出会った後で、明石に面会しているのだ。話を聞いておきたい。

簑島は金本を尾行しながら、話を切り出すタイミングをうかがっていた。

「ええ。行きました」

意外にも、外山に悪びれた様子はまったくない。

それがなにか？　と言わんばかりのあっけらかんとした受け答えに、簑島のほうが虚を突かれる。

「簑島さんの話を聞いて、興味が湧《わ》いたんです。四人を殺した罪で死刑を言い渡された男が、どういう人物なのか。本当に、冤罪の可能性があるのか」

そういえば、最初に明石との関係を打ち明けたときから、外山は冤罪の可能性にこだわっていた。本当に冤罪だとすれば大問題だ。無実の人間から十四年という歳月を奪ったことも、四人を殺した真犯人が野に放たれたままだということも。

いや、実際に明石が無実ならば、被害者は四人では済まないかもしれない。明石の主張の通り、ここ半年で発生した一連の事件も、十四年前の犯人の仕業という可能性すら浮上する。ストラングラーは十四年前の殺人鬼の手口を模倣《もほう》したのではなく、十四年ぶりに犯行を再開した張本人というわけだ。

そうなればもはや、簑島個人の問題ではない。それはわかっているが。

「正直に言うと、せめて一言欲しかったです」

偽らざる本音だった。外山の真意は知る由もない。だが簑島は、過去を打ち明けたのだ。任務を放《ほう》り出した負い目があったためだが、それ以上に、外山にたいする誠意のつもりだった。隠しごとはなし。相棒として、互いを信頼し合おうという意思表示だ。それなのに外山は、簑島に一言の断りもなく、明石に面会した。外山の行動のきっかけが、簑島の話を聞いたことなのは明らかなのに。

「申し訳ありません。不愉快な思いをさせてしまいましたか」

「そうですね。少し」

「そんなつもりはなかったんですが」

外山が苦笑いする。心から反省しているようには思えなかった。信用してはいけない相手に、大事な打ち明け話をしてしまったのかもしれない。

「あの男と、なにを話したんですか」

「ご存じの通り、面会には時間制限があるので、それほど実のある話はできませんでした。明石がなぜ面会に来たのか問うので、簑島さんのことを話したら、サポートしてやって欲しいと頼まれたんです。やつにしてみれば、私が簑島さんをサポートすることで、自身の無実の証明に近づくと考えているんでしょう」

だから望月の電話を受けて、すぐに駆けつけたのか。外山にとっては、想定内のタレコミだったのかもしれない。

「明石と話してみて、どう思われましたか。あの男は無実だと思いますか」

簑島をサポートしてやって欲しいという頼みを聞き入れるぐらいだから、明石の主張を信じている可能性が高いと受け取れるが。

「話をできたのはたかだか十分ですから、それだけで信じる、というところまではいきません。だからこそ、やつの頼みを聞いてみようと思ったのかもしれません。もしも簑島さんが明石に協力するのならば、今後もっと深く、やつの起こしたとされる殺人を掘り下げることになるだろうし、それが明石陽一郎という人間を深く知ることにつながる。判断するのは、それからでも遅くないんじゃないかと」

外山はマンションのエントランスに視線を戻し、金本のやつ、どうしたものかなと呟《つぶや》く。話は終わったと思っているようだ。

「外山さん。今後は、やめてもらっていいですか」

本当に意味がわからない、という感じに、外山が首をかしげる。

「はっきり言わせてもらえば、下世話な興味で首を突っ込まれるのは不愉快です」

「下世話な興味なんかじゃありません。私を突き動かしているのは、一家五人を惨殺した凶悪な殺人犯を逮捕したいという正義感です」

「そっちじゃなくて、明石のほうです」

「明石……明石に面会に行くなということですか」

「そうです。本来、おれには外山さんの行動を制限する権利はありません。けれど、明石の起こした事件については、おれの個人的な事情も大きく関係しています。そっとしておいて欲しいというのが本音です」

外山は納得いかない様子だったが、やがて頷いた。

「わかりました。簑島さんがそうおっしゃるなら」

この言葉は信用ならないと、簑島は直感した。

6

その日の明石は、簑島の顔を見るなり、小さく肩を揺すった。

「このところ急に客が増えたな」

簑島は冷えた顔つきのまま、明石が椅子に腰を下ろす様子を見つめていた。

「外山さんが面会に来たらしいな」

「元気か、ぐらい声をかけられないものかね」

明石が不自然な笑みを作る。

「そんな関係じゃない」

それに、元気なのは一見してわかった。憎らしいほど肌艶《はだつや》がよく、シャツの襟にも、獄中とは思えないほどパリッと糊《のり》が利いている。

「ご挨拶《あいさつ》だな。あんたとの面会を拒否することだってできるんだぞ」

「おれの質問に答えろ」

きっぱりとした口調で言うと、明石が鼻白《はなじろ》んだように唇を歪める。

「ああ。四日前だっけな」

「なにを話した」

「そんなの、本人に訊けばいい」

「なにを話した」

語気を強めると、明石から同じくらいの強さで返された。

「たいしたことは話してない」

それから語調を落とす。「おれが本当に無実なのか、もしもおれが無実なら、それをどうやって証明するつもりなのか、やたら知りたがっていた。だから、そんなに知りたいのなら手を貸せと言った。あんたも一人でやるより、誰か勝手のわかった人間の助けがあったほうが、動きやすくなるだろうからってな」

「外山さんは関係ない」

「だったら、そっちで首に縄でもつけておけ。おれが呼んだわけじゃない。あっちが勝手に来た。外山におれのことを話したのは、あんた自身だろう」

その通りだった。簑島が話さなければ、外山がここを訪れることもなかった。自分の迂《う》闊《かつ》さを呪《のろ》っても遅い。

「なにを企《たくら》んでいる」

簑島の言葉に、明石が怪訝そうに眉をひそめる。

「あの人になにを吹き込んだのかは知らないが、仕事で一度ペアを組んだだけの相手が、ここまで首を突っ込んでくるなんて、どう考えてもおかしい。外山さんを操って、なにをしようとしている」

「だから言ってるだろう。たいしたことは話していない。向こうが前のめりだったから、そんなに興味があるのなら手を貸せと言った。それだけだ」

「信じられない」

「信じないなら仕方がない。弁解はしない。おれは嘘《うそ》を言ってないからな。外山を操ろうとした事実はないし、外山を使ってなにかしようと企んでもいない」

互いに見つめ合ったまま、緊張感のある沈黙が続いた。

沈黙を破ったのは、簑島だった。

「おれは降りる」

明石が不機嫌そうに唇を引き結ぶ。

「どういう意味だ」

「言葉通りの意味だ。おまえとはもうかかわらない。おまえの冤罪の証明になんて手を貸さないし、品川事件だってもともと担当外だ。おれがしゃしゃり出る幕じゃない」

「犯人がわかっているのに、か」

「金本が犯人だという証拠はない」

「だからなんとかして欲しいと言っている。逮捕さえできれば、指紋やDNAを照合するなりして、どうとでもなる」

「そんな強引な捜査、誤認逮捕につながるだけだ」

「おれは誤認逮捕された」

明石が自分の胸に手をあてる。簑島は鼻に皺を寄せた。

「おまえは誤認じゃない」

「なぜそう言い切れる」

「すでに判決が出ている」

「おれが最初に逮捕されたのだって、まったくの別件だった。ゴールデン街で絡んできたゴロツキをぶん殴っただけだ。それについては認める。記憶はほとんどないが、複数の目撃証言があるし、おれ自身もこぶしを骨折していた。なにより、自分でもやりかねないと納得できる。だがあんたの恋人の事件については――」

簑島は眉をひそめた。こいつ、あえて「あんたの恋人」という言葉を使って、おれに当事者意識を持たせようとしてやがる。

「記憶がないし、罪を認めてもいない。おれの部屋から凶器が出てきたのが決定的な証拠というが、そんなのはどうとでも捏造《ねつぞう》できる」

「陰謀論か。堕《お》ちたものだな」

嘲笑《ちょうしょう》を浴びせられても、明石は真っ直ぐに言葉をぶつけてきた。

「おれの逮捕は、警察が正義を遂行した結果と言えるのか。警察や司法の判断は、いつだって正しいのか」

「自分の事件と混同するな。おまえは人を殺している。金本は、まだ人を殺しているのかはっきりしていない」

「だからそれをたしかめろと言っている」

「おれの仕事じゃない」

「おれに面会に来たのだって、上からの命令だったわけではあるまい」

「それは……」

ふと思った。金本辰雄という男について調べさせるのは、自分の事件が冤罪だというアピールではないか。予想される犯人像に近い男を、犯人に仕立て上げる。その過程を経験させることで、それこそが警察・検察が自分にしたことだ、犯人を作ることはできるのだと、簑島に身をもって理解させるのが目的ではないか。

駄目だ。これ以上深入りはできない。深入りすれば、明石の思うつぼだ。いまこうして論戦をふっかけているのも、この男の狙《ねら》い通りなのだろう。

金本が犯人だ。だが被害者とのつながりがない。しかし現場には多くの物証が残されている。それなら強引にでも、金本を連行する口実を作ればいい。簑島がその過程にかかわってしまえば、警察が恣意的《しいてき》な捜査で犯人を作り出せると、認めることになる。明石の逮捕時にも、同じようなことが行われたのではないかと考えざるをえなくなる。それこそが明石の目的なのだろう。簑島の正義感、価値観に揺さぶりをかけようとしているのだ。

「話は終わりだ」

一方的に話を打ち切り、立ち上がる。

「逃げるのか」

挑発には乗らない。視線を合わせることなく、明石に背を向けた。

「一つだけ忠告しておく。あの外山という男には気をつけたほうがいい。あの男は――」

最後まで話を聞くことなく、面会室の扉を閉めた。

7

明石に面会してから五日が経過した。

外山には会っていない。ともに金本の行動確認をしようと誘われたが、断った。言いたいことは山ほどある。だが、ずけずけと相手の個人的な領域に踏み込んで、平気でいられるような無神経な男だ。話すだけ時間の無駄になる可能性が高いと考え、当たり障りのない理由をでっち上げた。

品川区一家五人惨殺事件の顚末《てんまつ》も、明石の冤罪の主張についても、気にならないわけではない。だが意識的に考えないようにして過ごした。十二年前に法廷で見た明石の冷酷な印象は、強烈に記憶に焼き付いている。いまさら無実を訴えられても、到底信じる気になれない。明石がなぜ関係のない未解決事件にまで首を突っ込もうとするのかなど、不可解な点は残るものの、理解する必要もないのだ。おそらく、相手の立場になって考えよう、相手の心情を理解しようとする良心こそが、あの死刑囚につけ込まれる隙になる。現実から目を背けようとしている、卑怯《ひきょう》だと批判されるなら、それでもかまわない。現実から目を背けても、卑怯者になっても、自らを守りたかった。

すべて忘れよう。なにも考えずに仕事に邁進《まいしん》していれば、生活も心も落ち着きを取り戻すはずだ。

ところが、いつものように警視庁本部に出勤した簑島は、刑事部屋に入ろうとしたところで伊武に腕をつかまれた。

「ちょっと来い」

有無を言わさぬ調子で引きずられ、廊下の隅に追いやられる。

「どうしたんですか、伊武さん」

仕事でなにかミスをやらかしただろうか。

伊武は周囲を気にするような素振りを見せた後、小声で告げた。

「歌舞伎町署の同期から聞いたんだが、金本辰雄が、品川事件の犯行を自供したらしい」

視界がぐらりと揺れた。

「どういうことですか」

簑島も視線を動かし、付近にひと気がないのを確認する。

「それはこっちの台詞《せりふ》だ。おまえ、その件から手を引いたんじゃなかったのか」

外山が明石に面会に行っていたこと、その後、簑島も明石に面会に行ったこと、すべて伊武には話していた。

「金本の逮捕容疑はなんですか」

「これ、だと」

伊武は見えない注射器を持ち、反対の腕に針を刺した。

「シャブ？」

「セカンドバッグに入れて持ち歩いていたらしい。職質した警官が発見した。昨日のことだ」

　その結果、逮捕された金本は指紋を採られ、品川事件との関連が判明した。

「シャブやってるようには、見えませんでしたが」

　行動確認をした一日だけで、対象者のすべてが把握できるとは思わない。だが金本は薬よりギャンブルに金を注《つ》ぎ込むタイプに見えた。なにより、簑島が見張っている間にも何度か職務質問を受けていた。あのときはなにごともなく解放されていた。

「金本もシャブについては否認していたようだ。だが実際に所持しているからな。言い逃れしようがない。署に引っ張られたやつの指紋が、データベースに残っていた品川事件の現場に残されていた指紋と一致した。そして品川事件について追及され、自供した」

　本当に、金本が品川区一家五人惨殺事件の犯人だったのか。

「被害者一家との接点は、なんだったんですか」

そう。そこが問題だ。

「金本のやつ、ほんの一時期だけリフォーム会社の営業をやっていたらしい。強引なセールスで杜撰《ずさん》なリフォームをやっては法外な料金を請求する悪徳業者だが、その仕事で、被害者宅に上がり込み、応対した主人の母親から、死んだ夫の遺産の話を聞いたそうだ。銀行を信用していないから、金庫に保管してるって話もな。金庫には、現金一億五千万円が保管されていたそうだ」

明石の言った通り、本当に金本が……。

伊武が声を低くする。

「おれは金本については知らない。だがいくらなんでも、タイミングがよすぎる。前歴のなかった金本が、おまえが関心を寄せた直後に逮捕されたなんて」

簑島もそう思う。だが、結果的にこうなったのだから偶然としか……。

そのとき、ふいに閃《ひらめ》きが弾《はじ》けた。

たぶん、伊武も同じことを考えている。簑島を見つめる真剣な目の光でわかった。だからこそ、出勤早々に簑島を捕まえたのだ。

「錦糸町署の外山って刑事は、おまえが手を引いた後も、金本に張り付いていたんだよな」

伊武が低い声で言う。

そうだ。簑島から同行を断られたからといって、金本の行動確認をやめるようなことはなかっただろう。外山は単身、金本の身辺を嗅《か》ぎ回っていた。そしてその数日のうちに金本は別件で逮捕され、品川事件との関連が判明した。金本の逮捕容疑は覚醒剤《かくせいざい》の所持。

外山は刑事課に配属になる前は、生活安全課にいたと言っていた。

——心が弱いんです。薬に頼ったり、自傷癖のある子も多い。

風俗嬢について、外山が口にした言葉だ。薬というのは、違法薬物も含まれるのではないか。外山には覚醒剤の入手ルートがあったのではないか。

嘘だろ……。

「すみません。電話します」

懐からスマートフォンを取り出し、外山の番号を呼び出す。

しばらく呼び出し音が鳴って、耳慣れた快活な声が応じた。

「はい。もしもし」

「もしもし。簑島です」

「ああ。簑島さん。おはようございます」

あまりにもいつも通りの反応に、自分は邪推しているのではないかと怯《ひる》みかける。むしろそうであったらいいのに、と思う。

「金本が逮捕されたのを、ご存じですか」

「ええ。もちろん。私の目の前で連行されましたから」

やはり。内心で天を仰いだ。

「品川事件の自供を始めたそうです」

「そうですか」外山の声が弾んだ。「それはよかった。やはり明石の見立ては間違っていなかったんですね」

明石に心酔しているのが、その口調から伝わってくる。簑島は狂気を感じた。

「外山さんの目の前で連行されたとおっしゃいましたが、当初の金本の容疑をご存じですか」

「シャブです。たまたま職質した警官が、セカンドバッグから発見しました」

「発見されたシャブは、本当に金本のものだったんでしょうか」

「金本のバッグから発見されたんだから、金本のものでしょう」

簑島の胸がちくりと痛んだ。金本のバッグから発見された覚醒剤だから、金本のもの。普通はそうだろう。だが、簑島はそう思っていない。金本を連行するために、外山がなんらかの方法でバッグに忍ばせたと考えている。

だとしたら、明石はどうだ。

明石のアパートから凶器のロープが発見されたから、それは明石のもの。だが明石は犯行を認めていない。ならば、何者かが明石を陥れた可能性は考えられないのか。

だから嫌だったんだと、簑島は思う。明石とかかわることで、余計なことを考えて心をかき乱される予感があった。客観的に正しいか正しくないか以前に、すでに評価の定まった価値観を揺るがされるのが怖かった。

明石の手の平で転がされているのかもしれない。そう考えると悔しいが、外山のやったことを見過ごすわけにはいかない。

「おれは、外山さんが金本のバッグに覚醒剤を忍ばせたと考えています」

外山が黙り込む。あまりに雄弁な沈黙に、簑島は目を閉じた。

「どうなんですか、外山さん。違うなら違うと言ってください」

「いま私が違うと言って、簑島さんは信じてくれるんですか」

ぐっ、と言葉に詰まる。

外山がふっと笑った。

「知らなくていいこともあるんです、簑島さん。もしそうじゃないかと思っても、胸に秘めておいてくだされば、それで済んだ話じゃないですか。あなたに迷惑がかかることもないし、金本の事件から手を引いたのなら、私とあなたが会うことすら、もうなかったかもしれない」

「それは、認めたと解釈してよろしいですか」

数秒間の沈黙があって、外山は言った。

「だったらどうなんですか」

「不当な逮捕です。許されることじゃない」

「それは最初の逮捕の話でしょう。覚醒剤所持で逮捕された金本は指紋を採取され、それが品川事件の現場に残された指紋と一致した。そのことを追及された結果、犯行を自供した。品川事件についてはクロです。疑いようもない真っ黒なんです」

「だが最初の逮捕の際に不法行為がなされている。その後の警察による取り調べはすべて、証拠能力を失う」

「そんなの、誰も知りようがない。金本を職質し、覚醒剤を発見した警官だって、自分たちの手続きが不法行為に基づくものだとは知らないんです」

「知らせるべきだ」

「なぜですか」

外山の声が尖《とが》った。「潔癖なのも大概《たいがい》にしたほうがいい。やつが五人を殺した犯人なのは疑いようもない事実なんです。まさかせっかく捕らえた殺人者を野に放つべきだとは、おっしゃいませんよね」

「適正な手続きのもとに捜査し直すべきです。それまでは、金本が殺したとは断定できない」

「やってます。確実です。証拠がある」

「シャブについても重要な物証だが、あなたが捏造したものだった」

「品川事件は違う。あちこちに指紋が残されているんです。べったりとね」

「わからないんですか。一つ捏造された証拠があることで、すべての証拠への信頼が揺らいでしまうのが」

思わず声を荒らげた。

そばで聞いている伊武が、心配そうに眉根を寄せる。

「ぜったいにやってる。私には確信がある」

「金本が有罪かどうかを判断するのはおれたちじゃない。司法です。司法が正しい判断を下すためには、誠実な捜査と証拠開示が求められる」

「許されることじゃありません、残忍な殺人鬼を野に放つなんて」

「許されないのは、無実の可能性がある人間を有罪と決めつけ、監獄送りにしてしまうことです」

「認めませんから」外山がきっぱりと宣言した。

「もしも簑島さんが私の行為を告発したとして、その真偽について調査が行われたとしても、私はぜったいに認めない。私が認めなければ、不当逮捕は証明できません」

理不尽だと思った。外山は自分が認めさえしなければ、不当逮捕を証明できないと主張している。かたや明石は、最後まで罪を認めなかった。なのに死刑を宣告された。両者の違いはどこにある。

「これ以上の話し合いは無駄なようですね」

「残念ながら、そのようです」外山の声が寂しそうに落ちた。

「最後に、簑島さんに一つだけ言わせてください。あなたは潔癖すぎます。白と黒を混ぜたら黒くなるんです。だから白が黒に対抗するには、自分も黒くなるしかない。綺麗事ばかり言っていても、悪は駆逐できません」

「黒に対抗するために自分まで黒に染まってはいけない。そうなったら、罰を受けるべきです」

「わかってない。あなたは本当にわかってない。みんなやってることだ」

「一般論にすり替えないでください」

「違う。一般論じゃない。あなたの……」

なにかを言おうとした外山だったが、唐突に議論からおりた。

「もういい。とにかく、あなたは潔癖すぎる。あなたのその潔癖を保つために、周囲の人間が犠牲を払っている自覚を持ったほうがいい」

通話を終えると、そのまま倒れ込んでしまいそうな脱力感に包まれた。

「どうするつもりだ」

伊武が探るような上目遣いを向けてくる。

わからない。真実を告発するのが、正義だろう。だが正義を行うことで、殺人鬼を野に放ってしまう可能性がある。現場に残された指紋を照合したのなら、品川事件の犯人は金本でほぼ間違いない。外山は品川事件の疑義をただすため、金本に覚醒剤所持の濡《ぬ》れ衣《ぎぬ》を着せた。その方法に賛同はできないが、結果は簑島も望んだものだ。

愚直に正義を行うべきなのか。

自分の掲げる正義は、独《ひと》り善《よ》がりに過ぎないのではないか。

「外山さんのしたことを告発します」

伊武がわずかに表情を歪める。反射的になにかを言おうとしたが、職業倫理が口を噤《つぐ》ませた、という感じの反応だった。

「わかった」

「凶悪犯を捕まえたい気持ちは、よくわかります。けれど、外山さんのしたのは許されることじゃない。裁かれるべきです」

だがそれは叶《かな》わなかった。

翌日、外山が自殺したという報《しら》せが届いたからだった。

第三章

1

明石は椅子《いす》に腰を下ろしながら、眉《まゆ》を歪《ゆが》めて皮肉っぽい笑みを浮かべた。

「また会えるとは思わなかった」

「もう来るつもりはなかった」

明石に翻弄《ほんろう》されて、古傷にはすでに血が滲《にじ》み始めている。自分を護《まも》るためにも、これ以上深入りしたくなかった。

だが事情が変わった。

「外山さんが死んだ」

予想外だったらしく、明石が目を見開く。

「死んだ？　いつ？」

「昨日だ。錦糸町署近くの雑居ビルの屋上から飛び降りた。自殺らしい」

「そんなわけがない」即答だった。

「どうしてそう思う」

「あんたもあの男のことはわかってるだろう」

「仕事で一緒だっただけだ。それほど親しいわけじゃない」

「おれだって、あの男と話したのは、面会の十分ほどだ。だがそれだけの時間でも、あの男の慇懃《いんぎん》さの裏にある強烈な自己顕示欲と傲慢《ごうまん》さ、暴力衝動の大きさには気づいた。やつはサイコパスだ。他人を利用することになんの躊躇《ちゅうちょ》もないし、自己嫌悪も後悔も反省も抱かない。あんただって、それぐらい気づいたんじゃないのか」

さすがの洞察力だと、簑島は思う。少なくとも簑島は、外山の危うさをたったの十分では見抜けなかった。

「信じられない。自殺なんてありえない」

明石が腕組みをし、顔を左右に振る。

珍しく意見が合った、と思ったが、口にはしない。

「おまえがけしかけたせいだぞ」

簑島の追及に、明石が目を細める。

「金本は品川事件について自供した。だが最初の逮捕容疑は品川事件じゃない。覚醒剤《かくせいざい》所持だった。新宿の路上で金本にたまたま職務質問した警官が、金本のセカンドバッグから覚醒剤を発見したんだ。そして逮捕された金本から採取された指紋が、品川事件の現場に残っていた指紋と一致した」

簑島の話を聞きながら、明石が片眉を持ち上げる。

「幸運だったな」

「冗談だろ」簑島は鼻で笑った。

「金本がこのタイミングで覚醒剤所持で逮捕されるなんて、いくらなんでも出来すぎてる。金本はシャブなんかやってない。見るからにヤクザ者といった風貌《ふうぼう》で、肩で風を切るようにしながら街を歩いていたから、職質を受けるのは珍しくなかった。実際、やつが職質を受けているところを、おれも見た。なのにこれまで一度も逮捕歴がなかったんだ。本当にシャブをやっているのなら、もっと前に捕まっている」

「そうか。不思議なこともあるものだな」

「とぼけるな」簑島は眉間《みけん》に力をこめ、明石を睨《にら》んだ。

「おまえが外山さんに指示をした。持ち物に覚醒剤を忍ばせ、逮捕させろと」

「そんな指示はしていない」

「嘘《うそ》をつくな」

「嘘はついていない。都合の悪いことはぜんぶおれのせいか。忘れたのか。おれは警告したぞ。外山という男には気をつけろ、と」

簑島は唇を曲げた。

たしかに前回の面会の帰り際、そう言われた。話を最後まで聞かずに、立ち去ったのは自分のほうだ。

「思い出したか」明石が苦笑する。

簑島は目を細め、アクリル板越しの男を見た。

「なんであんなことを言った」

「さっきも話しただろう。わずか十分しか面会しなくても、あの男がサイコパスなのはわかる。あいつの隠した強烈な自己顕示欲と、傲慢さと、暴力衝動の大きさに気づいた」

「だがおまえは、外山さんが品川事件の捜査でおれに手を貸すように仕向けた」

外山が捜査に介入したのは、ほかならぬ明石の差し金だ。それなのに、簑島には外山に気をつけろと警告するなんて、矛盾している。

「あんたに、外山を監視して欲しかったからだ」

簑島は眉をひそめる。

明石はいったん簑島と視線を合わせた後で、がっくりと首を折り、顔を伏せた。珍しく落胆や後悔、自責を感じさせる挙動だ。

「あいつがストラングラーかもしれない……そう、思った」

驚きのあまり言葉を失った。

簑島が声を取り戻したのは、たっぷり八秒ほど経《た》ってからだった。

「外山さん、が……?」

さまざまな思考が渦を巻き、混乱して上手《うま》く考えがまとまらない。

「なぜそう思った」

「目だ」

「目?」

「ああ」と明石が頷《うなず》く。「おれに面会に来たときのあいつの目、異様なほどギラついてやがった。表面上、刑事の顔を取り繕っていたし、おれの無実の主張に耳をかたむけるふりをしていたが、あの目を見ればわかる。あいつはサイコパスの異常者だ。蜘蛛《くも》の巣にかかった虫がもがくのを愉《たの》しむような、命の灯《ともしび》が消える瞬間を見逃すまいとするかのような、そんな目をしてやがった。そもそも、あんたの過去の話を聞いただけで、おれに面会しようとすること自体が奇妙だ。もしかしたらこいつが、十四年前におれを嵌《は》めたのかもしれない。そう思った。自分の身代わりで死刑になろうとしている男が、なおも生に執着している。あんたからそう聞かされた外山は、悪あがきするおれの様子を見たくなった。そう考えれば、やつの無神経な行動にも説明がつく」

簑島は全身の産毛が逆立つような感覚を味わっていた。

外山がストラングラー。たしかに、あの男の言動には、そこはかとない違和感があった。だが、明石の話を鵜呑《うの》みにすることもできない。簑島は我に返り、かぶりを振った。

「おまえはあたかも十四年前の連続殺人と、いま起こっているストラングラーの連続殺人を同一犯のように語り、自分が無実であるかのように印象操作している」

明石がぎこちない笑みを浮かべる。

「あんたがどう捉《とら》えようがかまわない。おれは自分が無実だとわかっている。いま世間を賑《にぎ》わせているストラングラーは模倣犯なんかじゃなく、おれに罪を着せて逃げおおせたオリジナルそのものだというのが、おれの考えだ。十四年前におれが逮捕され、いったんは犯行が収まった。それはおれが犯人だったからではなく、無実の人間を身代わりとして逮捕させることができたからだ。真犯人はおれに罪を着せ、引退することにした」

「なのになぜ復活した」

「そんなのは知らない。明確なきっかけがあったのか、それともたんに一般人のふりをして社会に紛れていたものの、衝動を抑えきれなくなったか」

「衝動?」

「なぜ殺すのか、なんて殺人鬼に質問しても意味はない。酒飲みになぜ酒を飲むのか、ヘビースモーカーになぜ煙草《たばこ》を吸うのかを訊《たず》ねるようなものだ。気持ちよくなるから。それだけだ。酒飲みやヘビースモーカーが健康を犠牲にしてもかまわないと開き直るように、殺人鬼は他人の生命を犠牲にする。モラルに反するとわかっていて、やめようと思うこともあるのに、やめられない」

話を聞きながら、簑島は自分の顔が嫌悪で歪むのに気づいた。

「とにかくなにがきっかけかは知らない。おれを嵌めた真犯人は活動再開し、ストラングラーになった。おれはそう考えている。だからストラングラーを捕らえれば、自分の無実が証明できる」

「だから外山さんを……?」

「ああ。だが見込み違いだったかもしれない。消されたのなら」

明石にとって、それは既成事実らしい。自殺という情報を信じる気は微塵《みじん》もなさそうだ。

「誰《だれ》が、外山さんを……」

殺した？　という言葉が喉《のど》につっかえた。少なくとも所管の錦糸町警察署は、外山の死を自殺として処理している。その判断に真っ向から疑義を唱えるのは、同じ組織に属する人間として躊躇があった。

「そりゃ、本物のストラングラーじゃないか」

明石が唇の片端を軽く持ち上げた意味が、とっさにはわからなかった。

「なんの目的で？」

問いかけを発した後で、しまったと思う。まんまと明石のペースに乗せられている。

だが会話の流れをせき止めることはしなかった。外山の死には不審な点が多い。それについて意見の交換ができる相手は、簑島の周囲にほんの数人しかいない。明石がそのうちの一人で、しかももっとも頭の回転が速い人物であるのは間違いない。

「いまの段階では明言できない。だが一つだけはっきりしていることがある」

わかるよな、と確認するような上目遣いが、簑島を捉えた。

その視線を受け止め、簑島は小さく顎《あご》を引く。

「ストラングラーはあんたのことを監視してる。あんたを尾《つ》けまわしてるのか、それとも、もともとあんたの身近な存在なのかまではわからない。だが、所属する錦糸町署刑事課の同僚にはなにも告げずに動いていたであろう外山が殺《や》られたってことは、そういうことなんだろう」

外山の死が自殺ではないという、明石の意見には賛同できる。飛び降り自殺ということで処理されたが、そんなわけがない。誰かから突き落とされたのだ。

だが、犯人は本当にストラングラーなのか？

外山は金本を陥れる際に、覚醒剤を用いている。押収した証拠品を持ち出したりしたのでなければ、売人とも接触したはずだ。つまり、外山は裏社会とつながりがあった。風俗店の事情にも詳しかったし、望月に手を上げるなど、直情的で乱暴な一面もあった。見た目や話しぶりから受ける印象ほどには、クリーンな人物ではなかったのだ。ストラングラーに殺されたと決めつけるのは早計だろう。

「外山さんには裏社会人脈が――」

簑島が言いかけたそのとき、思わぬ方向から邪魔が入った。

「時間だ」

部屋の奥に影のように控えていた刑務官が、面会の打ち切りを宣告したのだ。

明石はわかった、という感じに軽く顔をひねって刑務官を一瞥《いちべつ》し、こちらを向いた。

「詳しい話は仁美に伝えておいてくれ」

「仁美、さんに？」

明石と獄中結婚し、冤罪《えんざい》証明のために渋谷に高級マンションを借りたという、あの謎《なぞ》めいた女か。薔薇《ばら》の花のような匂《にお》いが、鼻孔《びこう》の奥によみがえる。

「ああ。戸籍上の妻だからな、面会の制限を受けにくい」

この場で伝えきれなかった内容を、仁美を介して伝えてくれということらしい。

「わかった」反射的に答えてしまった。いや、反射的なのだろうか。仁美にまた会えるという打算が働いたのではないか。

明石の微笑に内心を見透かされているようで、顔が熱くなる。

「時間だぞ」

「わかりました」

刑務官に連れられて面会室を出ようとした明石が、一瞬だけこちらを振り返り、頼んだぞという感じに眉を上下させた。

2

仁美はマンションの前に立っていた。

近づく簑島に気づき、にんまりとした笑顔を浮かべる。

「こんなところでどうしたんですか」

「朗くんを待ってたに決まってるじゃない」

「迎えに出てくださらなくても、直接、部屋までうかがったのに」

「部屋番号教えてなかったなーと思って」

聞いていない。だが、部屋番号なら覚えている。そもそも、ワンフロアに二世帯だけのマンションなのだ。

冷静にそう考えながらも、わざわざ外で待っていてくれたことを無邪気に喜ぶ自分もいた。

エントランスをくぐり、エレベーターに乗り込む。

扉に向かい、仁美と並んで立った。

「今日は誰がいるんですか」

「誰もいない」

含み笑いを湛《たた》えた仁美の上目遣いと、視線がぶつかる。

「なに？　二人っきりじゃ不満？」

「そういうわけでは……」

「衝動的に襲っちゃうかもしれない？」

「それはありません」

「そうなの」

どこか不満そうな返事だった。

三階に到着し、扉が開く。

「望月や、碓井さんは？」

「さあ。仕事じゃないの。二人とも暇じゃないだろうし」

「前から訊《き》こうと思っていたんですが、協力者は全部で何人いるんですか」

仁美は聞いていなかったようだ。なにかを思い出したような顔になる。

「そういえば碓井さん、こんど朗くんに話を聞かせて欲しいって言ってたよ」

「話、ですか」

「うん。金本が取り調べでなにを話しているか、詳しく知りたいんだって」

「そういうことならご期待には添えません。警察の内部情報を漏らすわけにはいきませんので」

「そんな堅いこといわないでも。私たちは秘密を共有する関係なのに」

仁美の言葉に頰《ほお》が強張《こわば》る。いつの間にか、後戻りできないところにまで来てしまったのかもしれない。

「いずれにせよ、担当ではないのでたいしたことは知りません。取材ならほかをあたってくれと、伝えてくださいませんか」

「碓井さん、がっかりすると思うけど」

「お願いします」

「わかった」

仁美は納得いかなそうに肩をすくめ、部屋の扉の横のカードリーダーにカードを通した。

部屋に入るなり、ため息が漏れる。訪問は二度目なのに、その広さに圧倒された。

「適当に座って」

仁美に指図され、手近なソファに腰を沈めた。

どこかに消えていた仁美が戻ってくる。右手にワインボトル、左手にワイングラス二つを持っていた。

「いや。アルコールは……勤務中なので」

「この前はシャンパン飲んでたじゃない」

「あれは……」

簑島は内心で舌打ちした。一度だけ。その甘さがつけいられる隙《すき》になる。

仁美が赤ワインを注《つ》ぎ、グラスを差し出してくる。

「明石は、外山さんが何者かに殺されたと考えているようです」

こうなったらさっさと用件を済ませて帰ろう。本題に入った。

「朗くんは、そう考えていないの？」

少し時間をかけて言葉を選んだ。

「おそらく自殺や事故ではない……そう考えています」

くすっ、と仁美が笑う。

「なんですか」

「朗くんって、本当に慎重な人なんだ。石橋を叩《たた》いて叩いて、最後には叩き壊しちゃいそう」

からかわれている。簑島はむっとした。

「不自然な死だとは思います」

他殺の可能性が高い。だがあえて断言はしない。明石にいいように操られるのはご免だ。

「勤務先の錦糸町署から歩いて五分ぐらいの場所にある、雑居ビルの屋上から飛び降りたのよね。時刻は深夜一時二十二分。錦糸町は賑《にぎ》やかな街だけど、現場は一本入ったひと気の少ない裏通りで、転落の瞬間を目撃した人間はいない。大きな物音に驚いて様子を見に出てきた近くの居酒屋の店主が、路上に倒れている外山を発見し、一一九番通報した」

外山は搬送先の病院で死亡が確認された。外山のスマートフォンには『もう疲れました』という、遺書とも取れるメモが残されていたため、警察は自殺と判断した。

「私でもわかる。外山という男は、自殺なんかするタマじゃない。自分だけはいつでも正しくて、正義の側にいて、正義のためなら一線を越えてもかまわないという自己矛盾にも気づかないタイプ。自殺はしない。しかもまんまと金本を嵌めて、満足な結果をえたばかりのタイミングでの自殺なんて、ありえない。誰かに殺されたの」

「そういう可能性も、あると思います」

「朗くん。政治家？」仁美が挑発的に片眉を歪める。

「警察官です」

「あと何杯飲めば、腹を割って話してくれるの」

「何杯も飲むつもりはありません。服務中ですので」

しばらく無言で見つめ合った。

「いいわ」と脚を組み替えた仁美が、ガラステーブルにグラスを置く。

「金本のセカンドバッグに覚醒剤を忍ばせたのは、金本と同棲中《どうせいちゅう》の長岡悠奈」

簑島は目を瞠《みは》った。

「本当ですか」

「証拠はない。証明しろと言われても無理。だから嘘だと思うならしょうがない」

そう前置きし、仁美が続ける。

「金本の逮捕後、碓井さんが長岡悠奈の勤務するキャバクラを取材した。外山らしき小柄な男が二日連続で来店して、彼女を指名していたことがわかった。そして二日目の閉店後に、彼女はその男とアフターに出かけている。彼女は普段アフターをしないから、店の前で男と合流したのを見たときには驚いたと、店のほかの女の子が証言している」

「それだけで長岡悠奈が、金本のセカンドバッグにシャブを入れたとは——」

「だから証明はできないって言ってるじゃない。私は議論するために、朗くんにこの話をしたんじゃない。私はなにも隠さないという、意思表示」

仁美の宣言に、簑島は唇を引き結ぶ。

「明石は、外山さんがストラングラーに消されたと言っていました」

「その話は私も聞いた。明石が最初、外山をストラングラー本人じゃないかと疑っていたのは？」

「聞きました」

かった？」

「どう思った？」

しばらく考えてから答えた。

「信じられない、と思いました」

「それだけ？　一％も信じられなかった？　明石の推理は根拠のない妄言《もうげん》だとしか思えな

仁美の真《ま》っ直《す》ぐな視線が痛い。

簑島は唇を歪めた。

「外山さんの言動には、おかしなところがあるとおれも思っていました。おれに無断で明石に面会に行ったと知ったときには、なにを考えてるんだと人格を疑った。けれど、外山さんが四人を殺した連続殺人鬼だとすれば、腑《ふ》に落ちる部分もなくはない」

「四人」という部分を強調した。明石の事件とは別件。だから「八人」ではない。

「ストラングラーと呼ばれる殺人鬼が、十四年前の明石の犯行を多分に意識しているのは間違いありません。風俗嬢ばかりを狙《ねら》い、ラブホテルに誘い出してロープで絞殺する。しかも何度かロープを絞める力を緩め、ときには被害者に蘇生《そせい》措置を施すなどして延命し、被害者の生命を弄《もてあそ》ぶ。明石の犯行をなぞっているかのようです」

「だから朗くんも、明石に面会に行ったのよね」

仁美の反応が、簑島にはやや意外だった。

明石の無実を信じるのなら、ストラングラーの犯行と明石の犯行をあくまで分けて考えようとする簑島の姿勢には、抵抗を覚えるに違いない。なのに簑島の発言を訂正もせず、不快そうな態度すら見せなかった。

この女は、なにを考えている？

「もしも……」簑島は続ける。

「もしも、外山さんが明石に憧《あこが》れる殺人鬼だったなら、明石に面会するという行動も納得がいきます。それまでは我慢していたが、偶然にも、明石に恋人を殺された過去を持つ刑事とペアを組むことになった。おれから明石の話を聞いて、自分も明石と話してみたいと思うようになったのかもしれない。そう考えると、あの人の無神経さとか、見かけによらずかっとなりやすい性格とか、そういうのがぜんぶ腑に落ちたというか……な、なんですか」

仁美はにやにやと含み笑いを湛えている。

彼女はううん、とかぶりを振った。

「なんでもない。一生懸命に話しているところが、かわいいなと思っただけ」

「茶化さないでください」

顔が熱くなった。

「ごめんなさい。そんなつもりじゃなかったんだけど」

仁美が口もとに手をあてて笑う。

「朗くんも、明石の推理に全面的にとはいかないまでも、納得させられた部分があったわけだ」

「はい」さすがにここで否定するのもおとなげない。

「でも、外山は死んだ。自殺ということになっているけど、金本の件に首を突っ込んで、覚醒剤まで調達していた事実を知っている私たちには、とても自殺には思えない。状況的に事故とも考えづらく、誰かに殺された可能性が浮上する。そこで明石は、犯人がストラングラーだと考えたんだけど、これについてはどう？」

「苦しいと思いました」

するりと言葉が出てきた。

「どうして？」

「すぐに覚醒剤を調達できたことから、外山さんには裏社会とのつながりがあったと考えられます。覚醒剤の売買にまつわるトラブルもありえますし、ほかにも人間関係でなんらかのトラブルを抱えていた可能性もある。外山さんが他殺という見方はおれも同じですが、それがストラングラーの仕業とする推理は、強引だし無理がある」

「でも外山がストラングラーかもしれないという推理には、納得させられたのよね」

「全部じゃない。そういう部分もあったというだけです。外山さんが殺されたからといって、犯人をストラングラーとするのは飛躍しすぎです。それに、殺されたからストラングラーじゃなかったとも言い切れない。死んだ外山さんがストラングラーだったという可能性も、いまだ残されています。ストラングラーを恨む何者かが、外山さんの正体を知って殺した。このほうがまだ筋が通る」

「そうね。朗くんの言う通り」

反論を覚悟していたのにあっさりと同意され、拍子抜けした。

「明石は恐ろしく賢い人間だと思う。私が人生で出会った中でも、もっとも頭のいい人間。いまの理性的な彼を見れば、アル中で暴力沙汰《ざた》ばかり起こしていたなんて信じられない。ほんと、お酒に人生を狂わされた人なんだなって、憐《あわ》れになる」

仁美はグラスを手にし、「こんなに美味《おい》しいのにね」とワインを口に含む。

「いまの明石はとても理性的に振る舞っている。けれど、ストラングラーのことになると、感情を抑えきれなくなる。ようするに、なんでもストラングラーに関連付けて考えちゃう傾向があるの。自分を陥《おとしい》れた真犯人にたいして、よほど強い恨みを抱いているんでしょうね。ま、当たり前と言えば当たり前だけど」

グラスをふたたびテーブルに置き、仁美は続けた。

「外山がストラングラーかもしれないというところまでは、私も比較的すんなり受け入れることができた。朗くんとペアを組んだだけの刑事が、朗くんに無断で明石に面会するなんて妙だし、無神経だし。それも外山がストラングラーと考えれば、納得できたから。でもいざ外山が死んで、外山を殺したのがストラングラーだと言われたら、ちょっと苦しいかなと思っちゃった。明石にとってストラングラーは自分を嵌めた狡猾《こうかつ》な男で、ミスはいっさい犯さない、完璧《かんぺき》に近い犯罪者になっている。だから下手を打って殺されるようなこともないということなんだろうけど、ストラングラーだって人間だもの。思わぬところでミスをすることはありえる。殺されたから外山はストラングラーじゃないなんておかしい。外山はやっぱりストラングラーで、なんらかのトラブルに巻き込まれて殺されたかもしれないし、そもそもストラングラーでもなんでもなくて、ただの殺人鬼マニアだった可能性もある」

　そこで、ううん、とかぶりを振る。

「普通にそうだと思う。ストラングラーが簡単に殺される間抜けじゃないと言うのなら、外山はストラングラーとは無関係。外山を殺したのも、ストラングラーではない。明石はストラングラーの幻影に囚《とら》われすぎている。かりに外山を殺したのがストラングラーだとしたら、動機が見えない」

　簑島は無意識に頷いていた。仁美の言う通りだ。外山を殺したのがストラングラーだとすれば、ストラングラーの動機がわからない。口封じにしても、最近明石とかかわりだしたばかりの外山が、ストラングラーの正体に迫っていたとは考えにくい。その点で、明石の論理は飛躍しすぎている。

　仁美の話を聞いていて、簑島は素朴な疑問を抱いた。

「仁美さんは、明石の無実を信じているんですか」

　彼女もまた、明石同様に聡明《そうめい》な人物なのだろうと、話しぶりから察せられる。彼女の分析は非常に客観的かつ冷静だ。だがいささか客観的すぎるようにも思えた。獄中結婚とはいえ、彼女は明石の妻だ。アジトとして高級マンションを借りるなど、明石の冤罪証明のために支援も行っている。

それにしては、明石について語る彼女の口ぶりが、やや突き放しすぎではないか。

仁美はグラスを手にし、虚空を見上げた。

しばらくそうした後で、グラスに残ったワインを飲み干す。

「そうであればいいな、と、思ってる」

思いがけない回答に虚を突かれた。

言葉を失う簑島に、仁美が笑いかける。

「そりゃ、無実を信じたい。いちおう夫婦やってるし。ただ十四年前の事件が起こったとき、私は明石と知り合ってすらいなかった。まだ中学生だったし。だから事件のことは、報道や、明石の話を通じてしか知らない。でも無実だったらおもしろいじゃない。だから籍を入れたの」

おもしろそうだから、籍を入れた？

明石と仁美がどういう経緯で獄中結婚したのか、気になってはいた。

ふざけ半分で入籍したというのか。

唖然《あぜん》とする簑島をよそに、仁美は続ける。

「でも、明石はやっぱりやっているのかもしれないと、思うこともある。わかってるだろうけど、殺人事件どうこう以前に、明石はけっして清廉潔白《せいれんけっぱく》な人間じゃない。その上、他人を操縦するのに長けている。望月くんなんかまさしくそうよね。完全に明石に心酔して、いいように操られている。人生を明石に捧《ささ》げていると言っても、過言ではない。でも私には無理。私は、望月くんほど無条件に明石を信じることはできない。だから本当は、明石は人を殺しているのかもしれない。私たちはありもしない冤罪を証明しようとしているのかもしれないと、疑わしくなることもある。正直に言うとね」

「明石に騙《だま》されていたら、どうするんですか」

「騙されていたら……？」

仁美はさあ、という感じに肩をすくめた。

「残念」

「残念……」呆然《ぼうぜん》と鸚鵡《おうむ》返《がえ》しにした。

それだけなのか。これだけのことをしておきながら、明石が人を殺していたことがはっきりしても、残念。その一言で済ませられるのか。

「でもこれまで明石と接してみた感触では、やってないと思う。あれで本当にやってたら、信じてしまった自分が悪い。私はそう考えてる」

なんだかんだ言って、明石の無実を信じているのだろうと、簑島は思った。

ストラングラーのことになると、感情が理性を上回る。自分を陥れた殺人鬼にたいして、強い怒りと恨みを抱いている。明石の強引な推理の背景にそういう感情があったと想像すれば、たしかに合点がいく。

それほどの強い怒りを抱くということは、明石は本当に、無実……？

そのとき、懐《ふところ》でスマートフォンが振動した。

伊武からの音声着信だ。

仁美を見ると、「どうぞ」と頷きが返ってくる。

仁美に背を向けながら、スマートフォンを耳にあてた。

「簑島。まだ渋谷か」

伊武にはすべて報告している。

「ええ。事件ですか」

「殺しだ。渋谷にいるなら、直接向かったほうが早いだろう」

西武池袋《せいぶいけぶくろ》線の椎名町《しいなまち》近くにあるマンションで、若い女性の刺殺体が見つかったらしい。

現場を所管する西池袋警察署に捜査本部が設置されるという。池袋なら伊武の言う通り、現場に直行したほうが早い。

「わかりました。すぐに向かいます」

通話を終えて振り返ろうとしたとき、仁美の顔がすぐそばにあった。

ぎょっとしてたたらを踏んでしまう。

「なにしてるの」

くすりと笑われ、「なにって……」顔が熱くなった。

そっちこそなにをしようとしていたんだ。危うく唇同士が触れるところだった。

恐ろしい勢いで心臓が早鐘を打っている。

「残念だったね」

「なにが……」

「もう行かないといけないんでしょう?」

だからなんなんだ。

意味深な笑みを浮かべる仁美を残し、簑島はマンションを後にした。

3

エレベーターを降りると、すぐに受付カウンターがあった。

カウンターの中から、マッシュルームカットで白地に青いストライプのシャツを着た男の店員が、「いらっしゃいま……」と言葉を切る。

簑島と伊武が従えた、二人の制服警官が目に入ったようだ。

簑島はカウンターに歩み寄り、懐から警察手帳を取り出した。

「警視庁捜査一課の簑島です」

「同じく伊武です」

店員が緊張の面持ちで頷く。

「まだ、店内に?」簑島は確認した。

「はい。レギュラールームの二十七番に」
ほかの客に会話が聞こえないよう気を遣っているのか、ほとんど唇を動かさず、低くもごもごとしたしゃべり方だった。

簑島と伊武がやってきたのは、五反田の雑居ビルに入ったインターネットカフェだった。豊島区南長崎《みなみながさき》在住の保育士、諸角藍子《もろずみあいこ》の刺殺体が、彼女の住まいであるアパートから見つかったのは、三日前の午後だった。無断欠勤を不審に思った同僚がアパートを訪ねたところ、変わり果てた姿の被害者を発見したという。

発見時点で死後十数時間が経過しており、前日の夜に殺害されたと見られる。

同僚が被害者のアパートを訪ねたのには、無断欠勤のほかにもう一つ、大きな理由があった。諸角藍子は元恋人の清原和樹《きよはらかずき》にストーカー行為を受けていた。職場や自宅の前で待ち伏せするなど、限度を超えるつきまといに悩んだ被害者は、警察に相談していた。

清原は被害者のスマートフォンに、毎日数回メッセージを送っていた。清原を刺激するのを恐れてブロックこそしないものの、被害者から返信はしていなかった。

だが事件前日、被害者から清原にたいして久しぶりの返信をしていた。一度会ってきちんと話をしたいという内容だった。それにたいして、清原は被害者の自宅アパートを訪問すると申し出たが、警戒した被害者が応じず、被害者の自宅アパート近くの公園で会うことになったようだ。

――どうして一人で会ったりしたんだろう。私が一緒に行ったのに。

第一発見者となった同僚女性・右田倫世《みぎたともよ》は、そう言って涙を流した。被害者とは年齢も二つしか違わず、同僚である以上に友人であり、相談相手だったようだ。

右田の証言もあり、捜査線上には疑わしい人物としてすぐに清原和樹の名前が挙がった。だが清原は自宅アパートに帰らず、行方《ゆくえ》がわからなくなっていた。そして捜査員が石神井《しゃくじい》公園近くにある清原のアパートに大家の立ち会いのもとで立ち入ったところ、流しに包丁が放置されているのを発見した。包丁の柄には血液を拭《ふ》き取ったような跡があり、鑑定の結果、被害者の血液が検出された。

西池袋署に設置された捜査本部は、清原を被疑者として写真指名手配した。すると、すぐに多くの情報が寄せられた。

簑島たちが訪れているのは、寄せられた情報元の一つだった。事件の起こった日の翌日から滞在している男が指名手配の写真に似ていると、インターネットカフェの店員が通報してきたのだ。

制服警官をエレベーターホールに残し、二人の刑事は二十七番ルームへと向かう。

迷路のように曲がりくねった細い通路の左右には、たくさんの扉が並んでいる。扉にはそれぞれ番号がシールで表示してあり、簑島はその番号を確認しながら進んだ。

やがて二十七番ルームの前に到着した。

間仕切りは簑島が覗《のぞ》き込めるぐらいの高さで、半透明のアクリル板の扉越しに、うごめく人影が見える。

伊武と頷き合い、簑島は扉を手前に開いた。

「こんにちは」

中腰になり、低く落とした声で語りかける。

一畳もないほどの狭い空間だった。パソコンのディスプレイに向かって、脚をのばして座れるカウチソファが置かれている。

青白い顔をした面長の男が、寝転んだ姿勢から弾《はじ》かれたように上体を起こした。よほど驚いたらしい。目を大きく見開いて言葉も出ない様子だ。

「清原さんですか」

いちおう確認したが、間違いなく清原だった。捜査本部はすでに清原の写真を何枚も入手しており、捜査員は人相を頭に叩き込んでいる。

清原は答えない。どう反応しようか迷っているのではなく、混乱のあまり、頭の中が真っ白になっているようだった。顔を見ればわかる。

簑島は警察手帳を提示した。

「ここだとほかのお客さんの迷惑になりますから、出ましょう」

「え。いや……」

清原の視線が、逃げ場を求めるように泳ぐ。だがどう転んでも逃げ場はない。操り人形のような不自然な動きで、二十七番ルームから出てくる。

が、ふいに動きを止めてここ数日の生活拠点だった場所を振り返る。

そこにはリュックサックがあった。それしかなかった。ほとんど荷物が入っていないのか、くしゃっと潰《つぶ》れている。

リュックサックを手に取るのかと思いきや、清原はそのまま二十七番ルームを出ようとした。ふたたびここに戻るという決意表明だろうか。だが、その願いが叶《かな》うことはない。

「荷物、持って」

伊武に顎をしゃくられ、一瞬だけ抵抗する素振りを見せたものの、あえなく陥落した。清原がカウチソファに両膝《りょうひざ》をつき、リュックサックのストラップを引っ張る。すると口が開いていたらしく、中身が廊下に飛び出した。

「なにやってんだ」

伊武のあきれたような口調に見合うほどの大惨事にはならなかった。

なにしろ廊下に落ちたのは、財布と包装紙にくるまれた細長い箱だけだった。持ち物はそれで全部らしい。清原はぐったりと萎《しな》びたようなリュックサックを手に放心している。

簑島はしゃがみ込み、財布と箱を拾った。財布はナイロン素材で二つ折りの、見るからに安っぽい造りだった。箱の包装紙には、有名なジュエリーブランドのロゴが印刷されている。

伊武が先頭になり、簑島が最後尾につき、清原を前後から挟むかたちで進んだ。

カウンターの奥のエレベーターホールに制服警官の姿が見えてきて、清原の両肩に力が入るのがわかった。

「なんの用か、わかってるな」

エレベーターホールの前で、伊武が懐から逮捕状を取り出す。

「違います。おれ、やってない……」

清原はようやく自らの意思を取り戻したかのようだった。

「話は署でゆっくり聞くから。とりあえず移動しよう」

伊武が逮捕状の内容を読み上げる間も、「違う。おれじゃない」とうわごとのように繰り返していた。伊武は聞こえていないかのように、淡々と作業を続ける。

「午後二時……四十、三分」

伊武が腕時計に視線を落としたところで、清原が声を上げた。

「いやだ！　やってない！　おれじゃないんだ！」

「静かにしろ」

制服警官の一人が、背後から清原の肩をつかむ。

清原はリュックサックを振り回して抵抗した。そのときに、リュックサックが制服警官の顎を直撃する。偶然の事故だったが、制服警官を興奮させる結果になってしまったようだ。制服警官の挙動は目に見えて乱暴になり、最後には二人がかりでのしかかるようなかたちで、清原は床に組み伏せられた。うつ伏せになって後ろ手にされ、頭の上に制服警官の腰が乗っているせいで右頬が床に押しつけられ、顔が変形している。

制服警官の一人が清原の手から奪ったリュックサックを投げる。床を滑ったリュックサックが、簑島の足もとで止まった。

簑島はリュックサックを拾った。荷物の少ないリュックサックはくしゃっとした、は虫類の抜け殻のようだった。

4

清原の身柄は捜査本部のある西池袋署に移送され、取り調べは伊武が担当することになった。簑島は立ち会いの記録係に志願した。そんなことは珍しいので伊武は怪訝《けげん》そうだったが、拒否することはしなかった。

取調室に入り、伊武は中央のデスクで清原と向き合い、簑島は壁際に設置されたノートパソコンに向かう。

「どうだ。少しは落ち着いたか」

清原は心ここにあらずといった様子だった。

しばらくぼんやりと一点を見つめていたが、やがて思い出したように顔を上げる。

「おれ、やってないんです。本当に」

簑島の席からだと伊武の表情は見えないが、清原の顔はよく見える。手配写真はそれほど昔のものではなかったはずだが、写真と比べてげっそりとやつれ、十歳は老け込んだようだった。

「だが、あんたのアパートの流しから、凶器の包丁が発見された。これをどう説明する」

とんとん、という音は、伊武が指先でデスクを叩いているのだろう。凶器の写真を見せているようだ。

清原は身体《からだ》ごと、という感じで大きくかぶりを振った。

「知りません。まったく心当たりがないんです」

「あんた、被害者の諸角藍子さんにしつこくつきまとっていたそうじゃないか」

「それは……」

清原が気まずそうにうつむく。

「復縁しないと死ぬとか、殺すとか、人生めちゃめちゃにしてやるとか、物騒なメッセージを送り続けていたんだよな」

「納得いかなかったんです。一方的に別れを切り出されて、だから――」

伊武が強い口調で遮る。

「だからと言って、脅迫していいことにはならない」

「脅迫なんて」

その表現は心外だ、という表情だった。

「まぎれもない脅迫だろう。諸角さんは身の危険を感じて、警察に相談している。あんたのところにも、諸角さんへのつきまといをやめるように注意が行ったはずだが」

清原は当時のことを思い出したように、悔しげに唇を曲げた。

「あんたは警察から注意されたにもかかわらず、諸角さんへのつきまといをやめなかった」

「誤解を解きたかったんです」

「誤解？」

伊武が不可解そうに肩を持ち上げる。話を聞こうじゃないか、という感じにパイプ椅子《いす》の背もたれに体重を預けた。ぎしっ、とパイプ椅子の軋《きし》む音がする。

「彼女を怖がらせるためにやったことじゃない。ただもう一度、彼女とちゃんと話がしたかった。それだけなんです。それをわかってもらいたくて」

「その姿勢が怖いって言われてるんじゃないのか」

「でも納得がいかなくて……どうして別れるのか、それさえ説明してくれて、きちんと納得できれば、潔く身を引くつもりでした」

「自分が納得するまで説明しろなんて、その時点でまったく潔くないと思うがな」

伊武が自分の腕を抱える。

清原は賛同がえられず、不服そうだった。

「彼女から、別れたいという意思表示はあったんだろう？」

「ありました」

不承ぶしょうといった感じに、清原が頷く。

だがすぐに顔を上げて、

「でも、メールでですよ。私たち、やっぱり性格が合わないと思うから別れたい。そんなメール一本で終わりだなんて、不誠実じゃないですか。とても納得できません」

「たしかに。納得はいかないだろうな」

伊武はいったん賛同した上で、諭す口調になる。

「だが惚《ほ》れた腫《は》れたなんて、そんなものじゃないのか。女心と秋の空って言うだろう。女だけじゃなく、男もそうだ。人の気持ちは変わる。変わった理由なんて、簡単に説明できない。自分だってわからないこともある。わからないものは、説明できないよな」

「しかし、納得が……」

「わかる。あんたの気持ちはよくわかる。だが女のほうはもう気持ちが離れてるんだ。好きでもない相手に、時間をかけて説明してやる義理なんてない」

「そんな……」

そこで清原は反論の材料を見つけたようだ。

「でも、メッセージをブロックされてませんでした。着信拒否もされていない。本当に嫌なら、ブロックすればよかったのでは」

「それは違う」

伊武は強い口調で言った。

「彼女が着信拒否やメッセージのブロックをしなかったのは、あんたを刺激するのが怖かったからだ。刺激すればなにをされるかわからない。彼女はそれほどあんたに怯《おび》えていたってことだ」

「嘘だ」信じられない、という感じに、清原が目を剝《む》く。

「嘘なもんか。諸角さんは親しい友人に、恋人はかっとなったらなにをするかわからない人だと話していた。あんた、諸角さんと交際していたとき、テレビゲームしながらテレビに向かって罵声《ばせい》を浴びせたり、ときにはコントローラーを投げたりしていたそうだな」

「それはゲームのときだけで、藍子にたいしてやったわけでは……」

「でもコントローラーを壊したらしいじゃないか」

伊武に指摘され、清原はぴくりと頰を痙攣《けいれん》させた。

「誰にたいしてという問題じゃない。あんたが暴力の片鱗《へんりん》を覗かせたのが問題なんだ。たかがゲームでそこまでやるってことは、いつかその矛先が自分に向くかもしれない。諸角さんはそう考えていた。だからあんたとの話し合いを避けた」

元交際相手の自分にたいする認識をいま初めて知り、衝撃を受けたらしい。清原は魂を抜かれたようになっている。

「あんた、事件当日、諸角さんと会う約束をしていたな」

「でも会ってません」

「おれは約束をしたか、と訊いてる」

「会ってないんです」

それだけは認めたくない、という感じに、清原が強弁した。

伊武が捜査資料をめくる。

「あんたは返信がないにもかかわらず、一日に複数回、諸角さんに復縁を迫る内容のメッセージを送っていた。事件当日も午前九時二分に『あいこー！　放置されたら寂しくて死んじゃうよ』というメッセージ、午後一時十三分に『お願いだから、一度だけでいいから、話をしてください。でないと前に進めません』というメッセージを送っている。それにたいして諸角さんは午後三時五分に『一度会って話したら、別れてくれるんですか？』と返信している。別れて以来あんたからのメッセージを無視し続けていたから、およそ一か月半ぶりのあんたへの返信ということになるな」

「会ってない」

伊武は無視して続けた。

「あんたは諸角さんからのメッセージに、『今晩家に行きます！』と返信している。諸角さんがメッセージを送ってから、一分も経たないうちの返信だ。それにたいして彼女は、自宅ではなく駅前のファストフード店で会うことを提案した。あんたはそれを拒否し、諸角さんのアパートの近くの公園がいいと返した」

「付き合っているときに二人でよく過ごした、思い出の場所なんです。そこで話せば、藍子もあのときのことを思い出してくれるんじゃないかと期待していました」

「メッセージの履歴によれば、待ち合わせは午後九時」

清原が頷く。

「そうです。僕は予定通りに公園に行きました。でも、彼女は来なかった」

「来なかったら普通、メールなり電話なりをするものじゃないのか」

「それは……」

気まずそうに視線を逸《そ》らした後で、清原が言う。

「しばらく待ってみたけど来なかったので、彼女のアパートに直接行ってみました。そしたら、部屋の中で彼女が死んでいました」

「どうやって部屋に入った」

伊武の質問に、清原が硬直する。

「遺体発見時、諸角さんの部屋は施錠されていた。なのにどうしてあんたは、部屋の中の状況がわかった」

「合い鍵《かぎ》を……使いました」

清原の喉仏が、大きく上下した。

「合い鍵？」

伊武がデスクに片肘をつくと、清原は慌てた様子で手を振った。

「勝手に作ったものではありません。彼女から渡されたものです」

「別れるときに返せと言われたんじゃないのか」

「それは……」

清原が伏し目がちになる。「言われましたが、返したら彼女とのつながりが途切れてしまうと思って」

はあっ、と伊武が大きなため息をつく。

「合い鍵なんて握られてたら、怖がられるのも当然だ。まさか日ごろから忍び込んでいたりしないだろうな？　盗聴器を仕掛けていたり」

「そんなことはしません」

清原が大きくかぶりを振った。

「遺体を発見したのに、どうして通報しなかった」

「それは……動転していて、つきまといのことで警察に注意されていたのもあったし、合い鍵を使って侵入したわけだし、この状況で第一発見者になったら、疑われると思って」

「だからと言って、逃げ回ったら余計に疑われるとは思わなかったのか」

「思いました。けど、そのときは混乱して、どうしたらいいのかわからなくて」

伊武のため息が、狭い取調室にふたたび響いた。その態度で、伊武は清原の供述を信じていないと、簑島は直感した。

「なら、凶器はどう説明する。犯行に使用された凶器が、あんたの部屋の流しから見つかった。あんたが現場から持ち帰ったのか」

「いいえ。それについては、本当に心当たりがないんです。藍子の死体を見つけた後は、怖くて、家に帰る気にもなれなくて、そのまま電車に乗ってネットカフェに向かいました。自宅には一度も帰っていません」

伊武が手持ち無沙汰《ぶさた》な感じで、捜査資料をぱらぱらとめくる。

「それじゃあ、こういうことだな。あんたは別れた恋人に身の危険を感じさせるレベルでしつこくつきまとい、ついに元恋人との面会の約束を取り付けるのに成功した。ところが待ち合わせ場所の公園に、あんたの元恋人は現れなかった。不審に思ったあんたは、メールも電話もせずに直接彼女のアパートに向かった。合い鍵を使って部屋に侵入したところ、彼女の死体を発見した。つきまといの前科もあるし、不法侵入という負い目もあって、通報することはしなかった。自宅には帰っていないから、あんたの部屋から発見された凶器のことは知らない」

「そうです」

「少しばかり、あんたにとって都合がよすぎる物語だと思わないか」

「物語」という表現に、伊武の感想が表れている。清原の供述は作り話と言いたいらしい。

「でも本当なんです。僕はやっていない」

「本当にやっていないなら、逃げる必要なんてなかったよな」

清原はなにか言いたげに唇を動かしたが、結局は言葉を呑《の》み込んだ。

簑島が声をかけると、「なんだ」と伊武が振り向いた。

「伊武さん」

「おれからも一つ、質問させてもらっていいですか」

少し虚を突かれたようだったが、伊武は頷いた。

「かまわないが」

簑島は席を立ち、デスクのほうに向かう。

清原が不安そうに見上げる。

「逮捕時にきみが持っていたリュックには、財布のほかにジュエリーブランドの包装紙に包まれた箱が入っていました。あれは諸角さんへのプレゼントだったんですか」

「もちろんです。女性もののネックレスを、僕が持っていても意味がありません。あの日、仕事が終わった後、待ち合わせまでに時間があったので百貨店で購入しました」

清原の供述は事実だろう。清原が所持していた財布にはジュエリーショップのレシートも入っており、待ち合わせの一時間ほど前の時刻がプリントされていた。

「プレゼントは渡さなかったんですか」

「渡せなかったんです。さっきから言ってるじゃないですか。待ち合わせ場所に藍子は現れなかったんです」

本当なんです、と訴えかける清原は、すがるような目をしていた。

5

「冤罪だと？」

伊武が驚きに目を見開いた。「根拠は」

「ネックレスです」

簑島がそう言うと、思い切り顔をしかめられた。

清原の自供が引き出せないまま、今日の取り調べは終了した。

二人は西池袋署の大会議室に設置された捜査本部に戻っている。

「ミノ。おまえ、あいつの言い分を信じるのか。お人好《ひとよ》しもたいがいにしろよ」

伊武があきれたような顔で、こめかみをかく。

「少なくとも、最初から殺害が目的ではなかったと考えられます」

「まあ、それはな」

その点に異論はなさそうだ。

「話し合いの途中で口論になって、刺したんじゃないのか」

「それでも不自然です。殺害現場は待ち合わせ場所の公園ではありません。被害者のアパートです。清原が犯人だとすれば、諸角藍子が自分のアパートに招き入れた、ということになります。執拗《しつよう》なつきまといにより、被害者は清原を警戒していました。だからこそ、アパートを訪ねるという清原の申し出を拒否し、公園で会うことになったんです」

「被害者がすすんで招き入れたとも限らない。清原が包丁で脅して、無理やり部屋に連れ込んだ可能性だってある」

「包丁で脅してしまえば、関係の改善は期待できません。清原は復縁を期待していたんです。だからこそ、プレゼントを持参した」

「そりゃ、普通の感覚の持ち主はそう考えるかもしれない。だが清原はまともじゃない。まともなら、別れた恋人にいつまでもつきまとったりしない」

少し苛立《いらだ》っているようだ。伊武の口調がささくれている。

「でも殺害自体が目的ならば、その場で殺してしまえばいい話です。公園は被害者のアパートの近所ですが、それでも百メートルは離れています。住宅街でそれほど通行量の多い道ではありませんが、深夜というほどの時間帯でもないので、帰宅途中のサラリーマンなど人通りはあったはず。刃物を突きつけたまま移動するのは危険が大きい。かといって、被害者が自分から清原を自宅に招き入れたというのも考えにくい」

伊武からううむ、という感じの大きな唸《うな》り声が漏れた。

「だから冤罪だと？」

「最初から殺害が目的だったとすれば、元交際相手へのプレゼントなんか持参しません。話し合いの途中でかっとなって殺したにしても、少なくとも彼女の部屋にまでは上がっているわけですし、プレゼントを渡すタイミングぐらいはあったはずです。なのに清原はプレゼントを渡しそびれ、リュックに入れたまま逃亡していた」

「だから被害者が待ち合わせ場所に現れなかったという清原の供述は、本当だと言いたいわけだな」

「そうです」

無精ひげの浮いた顎を親指でぞりぞりと撫《な》で、伊武が言う。

「だが凶器はどう説明する。あの男のアパートから発見されたんだぞ」

「誰かが清原を犯人に仕立てようとしたんじゃないでしょうか」

「誰が？」

「被害者と清原の関係性を知っていて、被害者が殺されれば真っ先に清原が疑われることを知っていた第三者です」

伊武に話をするまでは、ぼんやりと曖昧《あいまい》だった。だがいま、簑島の脳裏には、具体的な人物像が浮かんでいる。

もしかしたら、伊武も同じなのかもしれない。むすっとした顔で一点を見つめている。

だが、可能性を打ち消すようにかぶりを振った。

「いや。ない。かりに第三者が清原を陥れようとしたとして、どうやって清原のアパートに忍び込んだ。清原のアパートは施錠されていた」

「おそらく、合い鍵を使ったんです」

簑島の脳裏で、おぼろげだった犯人像がしっかりと焦点を結んだ。

「合い鍵だと？　事前に合い鍵を作っていたということか」

「違います。持っていたんです」

意味がわからない、という感じで、伊武が目をぱちくりとさせる。

「清原は被害者宅に合い鍵を使って侵入し、遺体を発見しました」

「やつは、そう、言っているな」

あくまで清原の供述が正しければ、という前提だと、念を押すような口調だった。

「合い鍵は、交際しているときに、被害者自身から渡されたものです」

「らしいな」

それがどうした、という反応をした伊武だったが、直後、驚愕《きょうがく》に目を見開く。

「清原も、被害者に合い鍵を渡していた……？」

簑島は無言で頷いた。

交際していたのならば、互いの部屋の合い鍵を交換していてもまったく不思議ではない。真犯人は被害者が持っていた合い鍵を使用し、清原のアパートに侵入した。そして凶器をアパートの流しに放置し、立ち去った。清原が逃亡した後、警察が家宅捜索をするまでに侵入したのだろう。

「ってことは……関係者に一人、嘘をついているやつがいるな」

簑島の主張を真剣に検討してみる気になったようだ。伊武がこぶしを口にあてる。

「ええ。第一発見者の同僚女性――右田倫世です」

もしも清原が無実だとすれば、だが、何者かが清原を犯人に仕立てようとしたことになる。清原が被害者につきまとっている事実と、事件当日に二人が会う約束をしていたのを知っていた人物だ。

清原のストーカー行為について被害者から相談を受けていた右田ならば、その条件を満たすことができる。

右田はおそらく、事件当日に被害者が清原と会うことを知っていた。あれだけ警戒していた被害者が、一人で清原と会おうとしていたとは考えにくい。一緒に行ってあげるから、そこできっぱりけじめをつけようなどと、右田からそのかしたのかもしれない。

——どうして一人で会ったりしたんだろう。私が一緒に行ったのに。

右田は事情聴取でそう語ったが、実際には、被害者は一人で清原に会おうとしたわけではなかった。

右田が同行することになっていたから、被害者は清原と会うことにした。

待ち合わせ場所は被害者のアパート近くの公園だったため、待ち合わせ時刻までアパートで時間を潰《つぶ》すのは不自然なことではない。被害者宅に上がり込んだ右田は、包丁で被害者を殺害する。当然ながら、被害者は待ち合わせ場所に現れない。待ちかねた清原は、被害者のアパートを訪ねる。呼び鈴を鳴らしても反応がないことを不審に思い、持っていた合い鍵を使って中に入ったところ、変わり果てた姿の元恋人を発見した。合い鍵で侵入した負い目もあり、通報することなく逃げ出した。そして右田は、被害者の持っていた合い鍵で清原宅に侵入し、凶器の包丁を台所の流しに置いた。

「筋は通るな。清原が無実であれば、だが」

伊武が不本意そうに鼻に皺《しわ》を寄せる。

「おれに右田倫世の周辺を探らせてください」

簑島の申し出に顔をしかめた後で、頷いた。

「わかった。取り調べの立ち会いは、所轄の若手でも引っ張ってこよう」

「ありがとうございます」

頭を下げようとしたが、「ミノ」と声をかけられ、顔を上げた。

「おまえ……」

しばらく発言を躊躇《ためら》うような沈黙があった後で、伊武がかぶりを振った。

「いや。なんでもない」

いつもずけずけとものを言う先輩刑事らしからぬ歯切れの悪さだった。

戸惑う簑島に、伊武が言った。

「おまえは刑事なんだ。刑事の職責を果たせ」

目を逸らした伊武の本当に伝えたかったことは、たぶんこれではないのだろうと、簑島は思った。

6

被害者と右田倫世の勤務先である『はるなつ保育園』は、練馬《ねりま》の駅から徒歩十分ほどの住宅街にあった。被害者宅最寄りの椎名町駅からだと西武池袋線で十分足らず、被害者のアパートとはドア・トゥー・ドアでも三十分かからないほどの場所だ。

先方の手が空くまで待たされるのを覚悟していたが、ちょうど園児たちのお昼寝の時間に入ったタイミングらしかった。右田をマークしているのを悟られないよう、簑島は保育士たちを順に別室に招いて事情聴取することにした。

　四十代のベテラン女性保育士と、入って間もないという二十代の男性保育士に話を聞いた後、右田の番になった。

　右田は痩《や》せた地味な女だった。髪の毛の色が明るく、眉をやや濃く描《か》きすぎている印象こそあるものの、自らの殺意を具現化するほどの度胸があるようには見えない。

　膝を揃《そろ》えて緊張気味に座る女の筋張った腕を見て、簑島は自分の見立てが間違っているのではないかと自信を失いかけた。

「お忙しいところ、何度もお邪魔してすみません」

　まず謝罪から入った。ほかの刑事さんにもお話ししたんですが。それまで事情聴取した二人に、口を揃えて言われていた。協力はしたいが、自分に力になれるはずがないと決めつけている口ぶりだった。清原逮捕は全国に報じられている。すでに事件は解決したと考えているようだ。

「いえ。かまいません」

　右田は神妙な面持ちでかぶりを振った。

「右田さんは、亡くなられた諸角さんと親しくされていたとうかがいましたが」

　ほかの同僚からも、諸角藍子と公私ともに親しくしていたのは右田だという証言があった。ベテラン保育士は、諸角さんのことを訊きたいのなら右田さんにお願いしますと、やや迷惑そうだった。

「はい。この保育園で彼女といちばん親しかったのは、私だと思います」

「姉妹のように仲が良かったとか」

　これは新人男性保育士の意見だった。

「ええ。私は、諸角さんのことを本当の妹のように思っていました。彼女も同じように感じてくれていたはずです」

「清原についての相談も受けていらっしゃったのですか」

　その質問に、右田はこくりと頷いた。

「しつこくつきまとわれて、彼女、本当に参ってました。彼女のほうは別れたいって言ってるのに、自宅の近くで待ち伏せされたり、ここに押しかけてこられたこともあります。警察に注意されてもしつこくメッセージを送ってきていたみたいだったし、どうすれば自分のことを諦《あきら》めてくれるのかと、ずっと悩んでいました。それなのに、あの男……」

　そこに清原がいるかのように、簔島の隣あたりをきっ、と睨みつける。

「事件当日、諸角さんが清原と会う約束をしたことは、ご存じでしたか」

「まさか。知っていたら一人で行かせたりしませんでした」

　その質問自体が信じられない、という感じに、右田が目を丸くする。

「当日は清原から諸角さんに二通のメッセージが送られています。最初は午前九時二分、次が午後一時十三分。二回目のメッセージの時刻は、勤務中ですよね」

「一回目の時刻も勤務中だったはずです。彼女は早番でしたから。登園開始が七時十五分なので、早番は七時には出勤するんです」

「あなたも早番だったんですか」

「いいえ。私は遅番だったので、十時半出勤でした」

「清原からメッセージが届いたことは、諸角さんから――」

「聞きました。また来てる、みたいな感じで憂鬱《ゆううつ》そうでした」

「ずっと返信していなかった諸角さんが、その日の三時過ぎに、およそ一か月半ぶりの返信をしています。そのことはご存じでしたか」

「いいえ。相談してくれたらぜったいに止めたのに……藍子ちゃん、毎日のようにメッセージを送ってこられて精神的に疲弊していたんだと思います。だから正常な判断が下せなかったんです」

被害者に非はないのだと弁護する口調だった。

「では、清原からメッセージが届いたことは聞いたものの、それにたいして返信したことは聞いていない、と」

「聞いていたら止めていたし、もし清原に会うとしても、ぜったいに一人でなんて行かせません」

心外だと言わんばかりに、右田がまなじりを吊《つ》り上げる。

「彼女に異変はありませんでしたか。ストーカーと対決する予定だったのだから、その日一日、相当に緊張して過ごしたと思われますが」

「言われてみれば少し元気がなかったように思えます。でもあくまで、言われてみれば、という程度です。そもそも清原につきまとわれるようになってから、ずっと元気がなかったし」

「右田さんは、彼女が清原に会おうとしているのに、まったく気づかなかった？」

「だから気づいていたら止めてますって」

右田は不愉快そうだった。

「そうでしたね。失礼しました。当日は諸角さんが早番で、右田さんが遅番だったとおっしゃいましたが」

「ええ。そうです」

冷静さを取り戻そうとするかのように、彼女が深く息を吐く。

「帰宅時の彼女の様子はどうでしたか。なにか変わったところは」

「ないです。さっきも言いましたけど、もしも清原と会う予定なのがわかっていたら止めていました」

ここまでの供述にぶれはない。

「わかりました。では最後に、事件発生時、おそらく午後八時から十時ごろだと思われますが、そのとき、右田さんはなにをなさっていましたか」

右田がかすかに眉根を寄せた。

「どうしてそんなことを？　清原は捕まったんですよね」

「気を悪くなさらないでください。清原の供述に整合性が取れない部分も多いので、関係者の方にもう一度お話をうかがっているんです。申し訳ありませんが、ご協力願えませんでしょうか」

腑に落ちない様子ではあったが、拒否する理由もない。右田は口を開いた。

「自宅にいました」

「ご自宅はどちらですか」

「ここから自転車で五分ほどの近所です」

「一人暮らしですか」

「いいえ。母が病気で亡くなってから、ずっと父と二人暮らしです。妹がいますが、結婚していまは福岡です。あの日は仕事が終わった後、真っ直ぐに帰って夕飯の支度をしました」

「ちなみに遅番の場合、何時に仕事が終わるのですか」

「午後七時半です」

七時半に仕事場を出て五分で帰宅し、夕食の支度をする。どんなに手早く調理しても、夕食が用意できるのは八時過ぎになるだろうか。それから同居の父と一緒に食事を摂《と》ったとすれば、アリバイとしては完璧になる。

一緒に食事を摂ったとすれば、だ。

「夕食は毎日、お父さまと一緒に摂られるのですか」

「ええ。うちの父は台所に入ったことすらないような人ですから、食事はすべて私が用意しています」

少し引っかかる言い方だった。

「友人や職場の同僚から食事に誘われることもありますよね。諸角さんと飲みに行ったりしたことも、あるのではないですか」

「そういうときには、あらかじめ作り置きしておいたものをチンして食べてもらいます」

なるほど。その手があったか。

「事件当日はどうでしたか」

「どういうことでしょう」

右田が怪訝そうに首をかしげる。

「事件当日は帰宅してから調理を開始したのですか？　それとも、作り置きしておいたのですか」

「帰宅してから調理を開始したと、言いましたけど」

不満げに唇をすぼめられた。

「そうでした。大変失礼しました」

謝りながら、違う、と簑島は思った。帰宅して夕飯の「支度」をしたと言っていたが、「調理」を開始したとは言っていない。揚げ足取りのようだが、この二つの単語の意味の違いは大きい。作り置きしたものをレンジで温めて出すのも「支度」と言える。かりに右田が、あらかじめ作り置きしておいた料理を「支度」したのだとすれば、犯行はじゅうぶんに可能になる。

やはり右田は怪しい。その思いを新たにしながら、『はるなつ保育園』を後にした。

すると、駅への道を歩いている途中で「どうだった」と声をかけられた。

振り返ると、そこに立っていたのはフリーライターの碓井だった。はだけたシャツの胸もとに光る金色のネックレスが、相変わらず胡散臭《うさんくさ》い。

「つけていたんですか」

不快感を顕《あら》わにすると、ふっと鼻で笑われた。

「悪く思わないでくれ。教祖さまのお達しだ」

「教祖さま」と皮肉っぽく表現されているのは、もちろん明石のことだろう。尾行していたのは、明石の命令らしい。

「明石教に入信したんですか」

「入信はしない。おれが信じるのは、おれだけだ。オブザーバー参加ってところだな。品川事件を解決すれば、やつに協力すると約束をした。約束は果たさにゃならん。おかげさまで、品川事件のルポルタージュを単行本化できそうだし、そういう意味では、やつには恩があるもんでな」

碓井は気障《きざ》っぽく顎をしゃくった。

「事件についてはお話しできませんよ」

「仁美から聞いた。知らない仲じゃあるまいし、少しは融通を利かせてくれてもよかろうにと思うが、まあしょうがない。そこがあんたの良いところだと、仁美も言ってたしな」

思いがけない仁美からの評価に虚を突かれる。

気を取り直して険しい表情を作った。

「なんの用ですか」

「あんたこそなんの用だ。犯人は捕まったはずだろう」

簑島は口を噤《つぐ》んだ。理由を話せば、碓井の求めている言葉を口にすることになる。

いや、碓井ではない。明石の求めている言葉だ。

碓井にはそれがわかっているようだった。

「まさかとは思うが、あんた、真犯人は別にいると思ってるのか。そんなわけないよな。さまざまな証拠が、すべて清原和樹がクロだと示している。実際に警察は逮捕状を請求し、清原の身柄を拘束した。あとは清原が根負けするまで絞り上げればいい。最悪、清原から自供を引き出せなくても、物証と状況証拠だけで立件できる。おそらく、裁判でも有罪判決が下るだろうな。勝負はついてる。清原に勝ち目はない。あんただって、それはわかってるはずだ」

「清原と明石は違う」

「おれはなにも言ってないぜ」

碓井ににやりと笑いかけられ、鼻に皺を寄せた。

「参考までに聞くが、清原と明石はどう違う」

「清原はまだ被疑者です」

「明石だって以前は被疑者だったぞ。清原と同じように否認し続けたが、物証と状況証拠だけで立件された。清原もいずれそうなる。でもあんたは、それでいいんだろう？　司法が下す判断は絶対だもんな」

嫌な言い方だ。

「おれに嫌みを言いに来たんですか」

それが明石の命令だとは、到底思えないが。

「そうじゃない。教祖さまはこうおっしゃっている。冤罪を作らせるな。やってもいない罪で人生をめちゃくちゃにされるのは、自分で最後にしろ」

簑島は弾かれたように碓井の顔を見た。

7

こんなに早く、またここを訪れることになるとは思わなかった。

上昇するエレベーターの浮遊感に、簑島は妙な感慨を抱いていた。

扉が開くと、そこには望月の顔があった。

エレベーターに足を踏み入れようとした望月が「わっ……」と驚いた様子で飛び退《の》く。

「どうした」

碓井の声には笑いが混じっていた。

「迎えに行こうと思って」

望月はそう答え、簑島に深々とお辞儀をする。

「簑島の旦那《だんな》。お疲れさまです」

「そんなもん必要ない。道に迷うとでも思ってんのか。なんべん来てると思ってるんだ」

碓井があきれたように鼻を鳴らす。

「そういう問題じゃないんです。明石さんの無実を証明するために手を貸してくださる、大事なお客さまです」

「『簑島の旦那』は、まだ協力者ってわけじゃないみたいだがな」

「承知しています。どうぞこちらへ」

望月に先導され、部屋に入った。

碓井がソファに腰をおろしたので、簑島も適当なソファを選んで座る。

「なにか、飲み物をお持ちしましょうか」

望月が中腰で訊ねてくる。

簑島よりも先に、碓井がピースサインを掲げた。

「ビール二つ。望月、おまえもなんか飲め」

了解という感じで、望月がかくんと首を折り、キッチンに消えた。

「どうした」

碓井が訊ねてくる。

「なにがですか」

「なにかを探しているようだが」

なにを言っているのかわからない、という顔を装ったが、碓井にはお見通しだったようだ。

「あの女には気をつけろ」

「あの女……」

とぼけてみせたが、わかっている。碓井の言う「あの女」とは仁美のことだ。この部屋に入った瞬間から、簑島は無意識に仁美の姿を探していた。

「おれはあの女を毒婦だと言ったが、冗談でも誇張でもない。本気でそう思ってる」

ちらりとキッチンのほうを見て望月が戻ってこないのを確認し、碓井は声を落とした。

「あの女が前の旦那からふんだくった財産で遊び暮らしているのは、話したよな」

聞いた。別れた夫に指一本触れさせなかったという話も。

「前の旦那ってのは、先日一部上場もはたした会社の創業者だ。あんたも知ってるだろう」

そう言って碓井が名前を挙げたのは、有名なネット通販アプリだった。自分で利用したことはないが、友人や同僚の話によく出てくるし、テレビで頻繁にCMが流れている。仁美の別れた夫は、そのアプリの開発者らしい。

それだけでも驚きだが、碓井はさらに衝撃的な事実を明かした。

「あの女……仁美はバツ3だ」

さすがに驚きが顔に出た。

碓井は続ける。

「しかも三人の元夫は、どいつもこいつも庶民からは想像もつかないような金持ちばかりときてる。もちろん何度結婚しようが離婚しようが犯罪じゃないし、外野が文句を言うことじゃない。だが深入りするのはやめておけ。あんたの手に負えるタマじゃない」

「おれは、別に……」

「ならいいんだ。余計なお世話だったか。すまない」

碓井が早口で話を終わらせる。同時に、キッチンから望月が出てきた。

「お待たせしました。どれがいいかわからなかったので、何種類か持ってきたんですけど」

望月は両手にたくさんの缶ビールを抱えていた。

「ところで望月。今日は、仁美は？」

缶ビールを一本手に取りながら、碓井が訊く。

「さあ。わかんないです。明石さんのところに面会に行ったんじゃないですかね」

「ほお。感心だな。まるで愛情でつながった本物の夫婦みたいじゃないか」

「あの二人は本物ですよ」

そう言う望月は、明石と仁美の絆《きずな》の強さを信じて疑っていないようだった。

「簑島の旦那も、どれにしますか」

簑島は望月が両手で抱えた中から、いつも飲んでいる銘柄を選んだ。

余ったものを持ち帰ろうとする望月を、碓井が呼び止める。

「待て。どうせすぐに次を取りに行くことになるんだ。そこに置いておいてくれ」

そう言うやいなや、碓井が早々に空にした缶を握りつぶす。

望月は缶をすべてローテーブルに並べた。まだ十本近くあるが、これらをすべて空ける
つもりだろうか。

簑島は早速本題に入った。

「明石は、清原が犯人でないと考えているんですよね」

——冤罪を作らせるな。やってもいない罪で人生をめちゃくちゃにされるのは、自分で
最後にしろ。

つまり清原は犯人でない、という意味だろう。

「あんただってそう考えてるんだよな。だから清原が逮捕されたにもかかわらず、『はる
なつ保育園』に聞き込みに行った」

碓井はローテーブルに林立する缶の上で手を彷徨《さまよ》わせ、そのうちの一本を手に取った。

最初に選んだのと同じ銘柄だった。

「なぜ明石は、今回の事件に首を突っ込もうとするんですか」

「簑島の旦那の手が空くように、だそうです」

そう答えたのは、望月だった。

「おれの……？」

「はい。冤罪の証明のためには、簑島の旦那の協力が欠かせない。だから早く事件を解決して、こっちの捜査に取りかかってもらう必要がある。明石さんはそう言ってました」

「おれは正直、いまだに明石を信じるだの信じないだのグチグチ煮えきらないやつなんか放《ほう》っておけばいいと思うんだが、たしかに警察内部に協力者がいるってのはデカいからな。あんたに動いてもらうためにも、事件を解決する必要があった、ってことらしい」

碓井がプルタブを倒し、缶に口をつける。

「手が空いたからって、おれが協力するとは限りませんよ」

簑島は笑った。自分でも驚くほどの冷笑だった。

望月は落胆の色を顕わにし、碓井は愉快そうに肩を揺する。

「本当にそうかな。たしかに最初は、明石にたいして激しい憎しみを抱いていただろう。明石が四人を殺した殺人鬼で、あんた自身も恋人を殺されたとなればそれも当然だ。だがいまのあんたは、明石の犯行に疑いを抱き始めている」

「違う」

「違わないね。だからこそあんたは、今回の事件で清原犯人説に疑いを抱けたんだ。清原は以前から被害者にストーカー行為を働いていて、当日も被害者とのアポイントを取り付けていた。アパートへのガサで凶器が発見されている上に、当の清原は事件発生直後から逃走し、行方をくらませていた。これらの報道された事実だけでも、清原への容疑は揺るぎないものだと思える。清原が否認しようが関係ない。時間をかけて自供させればいいし、かりに自供を引き出せなくても、物証と状況証拠で立件できる。事件は解決した。捜査本部に参加したほとんどの捜査員は、そう思ったはずだ。だが、あんたは単身、『はるなつ保育園』に聞き込みに向かった。見えている事実が、真実とは限らないと思い始めているからだ」

反論の言葉が見つからず、簑島はただ碓井を睨みつけた。強く握り締めたこぶしの内側が、白くなっている。

碓井が望月を顎でしゃくる。

「こいつみたいに、明石教に入信しろとまでは言わない。おれだって、正直まだ半信半疑の部分はある。だがたとえ半分でも、明石の犯行を疑ってしまったら、動かないわけにはいかない。おれもジャーナリストの端くれだからな。あんただって、これまで抱いてきた価値観が揺らぎ始めている自覚があるんじゃないか。素直にそれを認めればいい。実際に、今回の椎名町事件についてはそうしている。明石の事件に限ってそれができないのは、あんたが恋人を殺された当事者だからだ。だがな、当事者ならなおのこと、真実を希求するべきなんだよ。だって冤罪なら、真犯人は娑婆《しゃば》でのうのうと暮らしてるってことなんだからな」

ぐうの音も出ない。碓井の言う通りだ。簑島は明石の冤罪を疑い始めている。だからこそ、清原についても誤認逮捕の可能性を考慮するに至ったのかもしれない。清原については素直に行動に移せるのに、明石だとそれができないのは、簑島自身が事件の関係者だからだ。

わかっている。だが、論理と感情は別物だ。論理で説明がついても、感情が追いつかない。なにしろ、明石はこれまで十四年間も恨み続けてきた相手だ。

「そんな話をするために、ここに連れてきたんですか」

散々考えて、ようやく発した言葉がそれか。自分でも嫌になる。

明石憎しの立場を貫くなら、この場で突っぱねて帰ればいい。それができないのなら、明石の冤罪をわずかでも信じる気持ちがあるのなら、碓井や望月に協力するべきだ。

いろんな思いが錯綜《さくそう》し、答えを出すことができない。

簑島はプルタブを倒し、ビールをいっき飲みした。

缶を逆さまにして最後の一滴まで飲み干し、手の甲で口もとを拭《ぬぐ》う。

望月の驚いたような視線を頬に感じる。

碓井はにやりと唇の端を吊り上げた。

「いいや。違う。あんたに、椎名町事件の真犯人を挙げてもらうためだ。理由はどうあれ、その点でおれたちの利害は一致している」

簑島は頷いた。

「一つ、確認させてください。なぜ明石は、清原の犯行ではないと判断したんですか」

「確信があったわけではない。そうだよな」

碓井が望月に確認する。

「ええ。ただ、清原ってやつが犯人だと判断する条件が揃いすぎている。完璧すぎて不自然だ……明石さんはそう言ってました」

「完璧すぎて不自然……」

わかるようなわからないような、そんな理屈だ。だが難解な表現で相手を煙に巻く明石の様子は、容易に想像できた。

望月がローテーブルの缶を手に取りプルタブを起こす。

「清原は元カノにつきまとっていて、警察から注意も受けていたんですよね。アポイントを取り付けた履歴も、メッセージに残っている。だから殺していない、ってわけじゃない。同じような経緯で発生したストーカー殺人は何件もある……でも状況的に自分に疑いが向くのはわかっていて、逮捕される覚悟もしていたのなら、わざわざアポイントを取り付ける必要もない……明石さんはそう言っていました」

「どうした。そんな顔して」

碓井に覗き込まれ、はっと我に返った。

「なんでもないです」

自分の頬を撫でて取り繕うが、碓井はにんまりとする。

「当ててやろうか。てっきり、なんらかの手段で警察の捜査情報を入手しているのかとばかり思っていたが、まさか明石は、報道の内容だけで清原が犯人ではないと判断したのか……そんなふうに驚いている顔だな」

図星だった。限られた情報だけで、清原の誤認逮捕という結論を導き出せるはずがないと決めつけていた。だが望月の話によれば、明石の推理の材料は、一般人でも入手できる報道の内容だけだ。

「まだ続きがあります」

いいですか、という感じの目配せをして、望月が言う。

「包丁を持参しているので、犯人には最初から殺意があったと考えられる。清原が犯人ならば、警察の捜査の手から逃れられるとは思っていない。だから殺した後ですぐに出頭するか、自殺するかと考えていたはず。でも清原はどちらもせずに逃げ出した。自宅アパートも生活していたそのままの状況で、身辺整理をしようとした形跡すらない。そのわりに、私が犯人ですと言わんばかりに凶器の包丁を自宅に残している。そんなふうに言い逃れできない状況にもかかわらず、逮捕後は否認を続けている」

「清原が怪しいと思って見れば、ただの行き当たりばったりで杜撰《ずさん》な犯行ということになるんだろうが、そうでない可能性を検討するなら、たしかに条件が揃いすぎている。さまざまな要素の矢印が、真っ直ぐに清原を犯人として指し示している。自分が清原の立場だったら、という視点を持つことのできる、冤罪で死刑判決を受けた男ならではの推理だ」

碓井が言い、望月が唇を引き結ぶ。

「ええ。確実にそうだとは断言できないが、誤認逮捕もありえる。その可能性がないわけではない、臭《にお》う……そんな感じの言い方でした」

「早々に犯人が逮捕されてあんたの手が空くのは、こっちにとって悪いことではないが、それが誤認逮捕だとすれば、容認するわけにはいかない。自分もその被害者である明石には、そんな思いがあったんだろう。だからおれたちは、明石の指示で、清原誤認逮捕の可能性を独自に調査しようとしていた。その矢先に、あんたが『はるなつ保育園』に入っていくのを見かけた……いや、厳密には、たまたま見かけたのとは違うが。おれはあんたをつけていたからな」

碓井は缶をぐいっとかたむけて喉を鳴らした後、缶をローテーブルに音を立てて置いた。

「こっちの手の内は明かしたぞ。そっちはどうなんだ」

簑島は碓井と望月を順に見た。

「被害者の同僚が怪しいと考えています」

簑島は、自分がなぜ誤認逮捕の可能性を考えたか、清原が何者かによって陥れられたとすれば、それを可能にできるのは誰なのか、その結果、誰を疑わしいと思うようになったのかを、順を追って説明した。望月はときおり頷いたり、驚いたりしながら、碓井はほとんど表情を変えずに、話を聞いていた。

「なるほどな」碓井は親指で顎を触った。「で、実際にその右田って女と話してみた感触はどうだった」

簑島は右田との会話を反芻《はんすう》した。

「疑いは、濃くなりました」

被害者が清原に会うのを聞いていなかったのか、という質問にたいする、やや過剰と思える反駁《はんばく》。アリバイを成立させる上で重要な『調理』と『支度』という言葉の使い分け。簑島が核心に触れないよう、誘導しているように感じた。

「……そうか」碓井が鼻から息を吐き、肩をすとんと落とす。

「あくまでおれの、個人的な心証に過ぎません」

「わかってる。その心証が正しいのか、間違っているのかをたしかめる」

「でも右田はどうして、諸角藍子を殺したんですかね？　二人は姉妹のように仲が良かったのに」

望月が首をかしげる。

「知らん。表面上仲が良くても、実際にどういう感情を抱えているのかは誰にもわからんもんだ。殺人に至る動機なんて、本人ですらはっきり説明できないこともある」

「そうなんですか」

「だからおれは知らないって。ただ、どういう理由だろうと、自分の人生を棒に振るリスクがあるんだから、割に合う殺人なんてものは存在しない。人を殺すやつの心境ってのは、常人に理解できるもんじゃない」

「そっか。そうだよな」

自分を無理やりに納得させようとするかのような、望月の口調だった。

「さて、後はどうやって清原の無実を証明するか、だな」

もう二本目を空けたらしく、碓井が新しい缶に手をのばす。

「簑島の旦那は、どうするつもりだったんですか。もしおれにできることがあれば手伝いますんで、なんでも言ってください」

望月にそう言われても、すぐには答えられない。

「まだ具体的な方針はなんとも……直接右田に会って話をしてみて、それから考えようと思っていた」

「そうですか。なら、一緒に考えます」

意気込む望月を軽く笑い、碓井がこちらを向く。

「清原の無実を証明する方法は大きく分けて二つある。一つは清原がやっていないという証明をすること、もう一つは、犯人は右田だと証明することだ。どちらでも、結果的に清原の無実の証明になる」

「清原がやっていないという証明は困難だと思います。清原にはアリバイもないし、第三者による有力な目撃証言もない。犯行時刻前後の清原の行動は、すべてが清原犯行説の裏づけになっている」

だからこそ、捜査本部は清原の逮捕に踏み切った。

「おれもそう思う。清原がやっていないという証明は難しい。だとすれば、右田が犯人だと証明するほうか……だが、これにはリスクが伴うぞ」

意思確認するような碓井の目を、簑島はしっかりと受け止めた。

「かりに清原が無実であった場合でも、右田が真犯人でなかった場合には、清原の釈放にはつながらない」

「そうだ」

真剣な表情を作った後で、ふいに碓井が肩を揺する。

「まあ、しかし、そんなことを言い出したら身動きなんて取れない。右田の犯行を立証する線で動こう。右田は事件発生時、自宅にいたと証言しているんだったな」

「はい。右田は父親と同居しています。被害者の死亡推定時刻が午後八時から十時。その日遅番だった右田は、午後七時半に仕事を終え、自転車で五分の距離の自宅に帰り、食事の『支度』を開始したと言っています。あたかもその時間から『調理』を開始したので犯行は不可能という口ぶりでしたが、あらかじめ作り置きしたものをレンジアップして出すこともあったようです」

「被害者のアパートと、右田の家は近いんですか」

望月が訊いた。

「駅で言ったら四つ。だが右田の自宅は駅から遠く、日常的に自転車を足にしていたようだから、移動手段は自転車の可能性が高い。その場合、所要時間はせいぜい二、三十分といったところかな」

「あらかじめ作り置きしておいた夕飯をレンジアップで提供したと考えれば、父親と一緒に夕飯を摂ったとしても、じゅうぶんに犯行は可能だな」

碓井がこぶしを口にあてる。

「ええ。そもそも右田を疑っていないので、捜査本部は細かく右田のアリバイの裏取りをしていません」

「父と娘の二人暮らしなんて互いに干渉するものでもないだろうから、食事の後で娘がこっそり外出したところで、父親は気づかない。老人は寝るのも早いしな」

碓井はうんうんと頷いた。

「被害者との待ち合わせ時刻の午後九時というのも、右田が同行する前提での時間設定だと思います。事件当日、被害者の勤務は早番でした。早番だと午後四時半には勤務が終了するそうです」

「ほかになにか予定があったのでなければ、四時半に仕事が終わったのに九時に待ち合わせというのは、誰かと会うにしては遅いですね」

望月が神妙な顔で言う。

「ああ。だが右田の仕事終わりを待って、と考えれば、ちょうどいい時間だ。被害者から全幅の信頼を寄せられている右田ならば、自分が同行してあげるからと言って、清原とのアポイントを取り付けさせることもできる」

簑島は言った。

「そうですね。そう考えたら、たしかに右田が疑わしい。真犯人は右田ですよ」

興奮気味の望月を「調子の良いやつめ」と笑い、碓井はこちらを見た。

「本人の証言によれば、右田は午後七時半に仕事を終え、自転車で自宅に帰宅。その後は外出していないってことだな」

「そういうことになります」

「それが偽証で、実際には右田が真犯人だったのなら、右田はどう動いたと考える」

「アリバイ工作のためにあらかじめ料理を作り置きしていたのなら、あの日の犯行は計画的だったはずです。清原が被害者の諸角さんに復縁を迫るメッセージを送るのは毎日のことだったので、右田は自分のタイミングで犯行に及ぶことができました。あの日に機が熟したということだったんでしょう。いつものようにメッセージが届いたと諸角さんから相談を受けた右田は、一度会ってきっぱりとけじめをつけたほうがいいと提案する。もちろん諸角さんは躊躇したはずです。なにしろ清原を刺激するのを恐れ、一か月半もの間、メッセージに返信していなかったぐらいです。しかし右田は、自分が同行してあげるから、それなら平気でしょう、などと説得して諸角さんにメッセージを送らせ、清原とのアポイントを取り付けた」

「諸角さんにメッセージを送らせるときに、自分の名前は出すなと釘《くぎ》を刺したんじゃないですか。誰かが一緒だと警戒されるかもしれないから、二人きりで会うと思わせろ、みたいなことを言って」

望月の意見に「ありえる」と同意し、簑島は続けた。

「夜九時という待ち合わせ時刻は、右田が同行するのを前提として設定されたものだった。当日は諸角さんが早番、右田が遅番。右田は仕事が終わったら父の夕飯の支度をして、八時半ごろに諸角さん宅を訪ねると約束した」

「被害者宅で合流し、九時になったら一緒に待ち合わせ場所の公園に出かけることになっていたんだな」

碓井が合いの手を入れる。

「ええ。八時半ごろに諸角さんのアパートに到着し、部屋に上がり込んだ右田は、タイミングを見計らって諸角さんを刺殺し、現場を立ち去った」

「そして午後九時、時間通りに待ち合わせ場所に現れた清原は待ちぼうけを食らい、被害者のアパートに向かった。呼び鈴を押しても反応がなかったので、所持していた合い鍵で被害者の部屋に侵入する。そこで被害者の遺体を発見し、怖くなって逃げ出した」

碓井が腕組みをした。

「右田は被害者から奪った――奪ったか、合意のもとで渡されていたのか、定かではありませんが――清原のアパートの合い鍵を用いて清原のアパートに侵入。凶器の包丁を流しに置き、立ち去った」

簑島が言い、望月が眉をひそめる。

「右田が清原のアパートに侵入したのは、いつでしょう」

「おれが右田の立場なら、清原が時間通りに待ち合わせ場所に現れたかを確認する。不測の事態が起こって清原が現れなかったら、罪を着せることができない」

碓井の推理に、簑島は頷いた。

「おれが気になっているのは、凶器がキッチンの流しに置いてあった、という点です」

「どういうことだ」

碓井が眼鏡を直す。

「清原が待ち合わせ場所に到着したのを確認した後で、清原宅に移動し、流しに包丁を置いた。右田が清原宅の合い鍵を持っていれば可能ですが、少し変だと思いませんか」

「どこが変なんですか」

望月は不可解そうに首を突き出した。

さすがに碓井のほうは察したようだ。

「清原が帰宅する可能性を考えていない。今回の場合、動転した清原が自宅に帰ることもせず、着の身着のままで逃亡したからこそ、清原宅に踏み込んだ警察が凶器を発見することになった。だが現場を目撃した清原が、いったん自宅に帰っていたら……」

望月が目を見開く。

「そうか。包丁を処分してしまう可能性がある」

簑島は二人の顔を交互に見た。

「そうです。清原が包丁をどこかに捨ててしまえば、工作は意味がなくなります。包丁は夜のうちに置かれたのではなく、夜が明け、もう清原が帰宅しないであろうと、犯人が確信したタイミングで置かれたのではないでしょうか」

「翌朝……？」

訊き返す碓井の声は疑わしげだ。

「ええ。翌日、右田は無断欠勤した被害者を心配し、被害者宅を訪ねています。ですから出勤はしているようです。『はるなつ保育園』には早番と遅番があり、遅番の場合には、比較的余裕を持って出勤できます。右田は父親と同居しており、夕飯後にこっそり外出できたとしても、あまり長時間にわたって家を空けていると、不在を父に気づかれる可能性が高くなります。だから手早く犯行を済ませ、帰宅する必要があった。けれど朝早く出るぶんには、不審に思われることもないんです。娘の勤務が早番か遅番かまで、父親は把握していないでしょうから」

碓井がさらに疑わしげな顔つきになる。

「言ってることはわからんでもないが、そいつは危険だろう。翌朝になったら、清原が帰宅している可能性だってある。合い鍵で部屋に入って、清原と鉢合わせでもしたら、計画が台なしだ」

たしかにそうだ。暗いうちなら、照明などで在宅しているかどうか判別しやすい。だが夜が明けてしまえば、それも難しくなる。

「でも、簔島の旦那の言うことも一理あります。清原が帰ってくるかもしれないと思ってるなら、あんなわかりやすいところに凶器を置いときますかね。右田には清原が帰宅しないという確信があった」

「それか、ただの間抜けか、だな」

碓井がおどけて肩をすくめる。

「こんな手の込んだことをして、ただの間抜けってことはないんじゃないですか」と望月。

「いいや。一人で立てた計画は、思いがけないところにほころびが出るもんだ。ありえないことじゃない」

「でも、右田はかなり周到に準備してたはずですよね」

「本人はそのつもりだろうけどな。とはいえ、おそらく初めての殺人の直後だ。冷静でいられないはずだし、そんな精神状態で、完璧に計画を遂行するのは難しいだろう」

「あっ……」ふいに、簔島に閃《ひらめ》きがおりた。

碓井と望月が怪訝そうにする。

「周到に準備していたって、具体的にどういうことをしたんでしょう」

「そりゃ……まずは凶器を調達する」

碓井が指を折り、望月も虚空を見上げた。

「あと、清原に罪を着せるつもりなら、清原の住所や生活スタイルを調べ上げておく必要があるんじゃないですか」

「それは重要だ。被害者については自分のことを信頼しているから、なんでもしゃべってくれる。被害者を通じて清原の情報を引き出した上で、やつの生活を入念に調べ上げる必要があっただろう。実際に、やつのアパートに足を運んだりもしたかもしれない」

「やはりそうですよね」

簑島が言うと、碓井が大きく首を上下させた。

「もちろんだ。そうやって準備をした上で、計画を実行に移した。その結果、まんまと清原に罪を着せることに成功したんだ」

「やっぱり、右田が清原のアパートに侵入し、流しに包丁を置いたのは、犯行翌日の朝だと思います」

どういうことだ、という感じに、碓井と望月は互いの顔を見合わせた。

8

きいっ、と甲高いブレーキ音が響いたのを合図に、伊武と簑島は歩き出した。

二人の進行方向には、自転車が止まっている。帰りに買い物をしてきたのか、前籠《まえかご》のエコバッグからはネギが飛び出していて、キャベツの緑も覗いていた。

右田倫世がハンドルを握ったまま、自転車を降りる。右田邸は古びた木造一戸建てだが、狭いながらも庭があり、玄関の手前に門扉があった。右田は門扉の内側の錠を外そうとしていた。

「こんにちは」

伊武が余所《よそ》行きの笑顔で歩み寄った。

右田は最初、知らない相手だという感じの反応をしたが、伊武の背後にいる簑島の顔を見て、ああ、と口を軽く開く。

「警察の……」そう言って、伊武と簑島の顔を交互に見た。錠を外して門を開き、自転車を敷地に入れようとする。なにげない日常が終わる予兆など、つゆほども感じていないであろう挙動だった。

「先日はありがとうございました」

礼を言った簑島にたいし、「今日はどういう……？」自転車を敷地に入れてスタンドを立て、戻ってくる。

「じっくりお話をうかがいたいので、署にご同行願いたいのですが」

伊武のその台詞《せりふ》を聞いても、自分に疑いが向けられているとは気づいていないようだった。

「いま、ですか？　これから夕飯の支度をしないといけないので、日をあらためていただけるとありがたいのですが」

「いま、です。申し訳ありません」

言葉で謝ってはいるものの、有無を言わせぬ、伊武の口調だった。

ようやく不審を抱いたらしく、右田が眉根を寄せる。

伊武に目配せされ、簔島は懐から小さなビニール袋を取り出した。中に入っているのは、一センチ四方の小さな基盤だった。

「清原のアパートから発見されたものです。アパートのどこで発見されたか、これがなんなのか、ご存じですよね」

右田は大きく見開いた目で、簔島の手の中にある基盤を凝視している。

正解を告げたのは、伊武だった。

「盗聴器です。清原のアパートの、コンセントカバーの内側から発見されました」

「そうなんですか」

知らぬ存ぜぬを貫くことに決めたらしい。それがなにか、という感じに、右田が小首をかしげる。

「これを仕掛けたのは、あなたですね」

伊武の問いかけにも、かぶりを振る。

「違います。知りません」

「そうですか。念のため、ですが」

伊武が懐から取り出したのは、身体検査令状だった。「指紋採取にご協力いただけますか。コンセントカバーの裏側から採取された、清原のものではない指紋と照合させてください」

右田が息を呑むのがわかった。

「い、嫌です」

「礼状が出ている場合の指紋採取は任意ではないんです。拒否はできません」

伊武に顎をしゃくられ、簑島は歩み出た。

行きましょう、という感じに肩に手を回そうとしたが、「触らないで！」と払いのけられる。

「私はなにもしていない！」

「指紋を照合すれば、それははっきりします」

伊武は平坦《へいたん》な声音で告げ、ふたたび顎で合図してくる。

「やってない！」

両手を振り回して抵抗する右田に、「お父さまに」と簑島は言った。

「お父さまに気づかれますよ」

右田の帰宅を待つ間に、その姿を見た。頭の禿《は》げ上がった、染みだらけの痩せた老人だった。歩幅が小さいために、自宅のポストを覗きに行くのにも時間がかかっていた。父一人娘一人の家庭だ。警察に連行される姿を見られたくないだろうと思った。

だが、

睨みつけられた。これまで見たことのない、右田の憎悪に満ちた眼差《まなざ》しだった。

「だからなに」

「別にどうでもいい。あの人に見られたところで、なんでもない。母が死んであの人の世話を押しつけられたせいで、私は人生の楽しみを奪われた。あの人は家のこと一つできないし、やろうとしない。誰かに世話してもらうのが当たり前だと思っている。だから私は泊まりの旅行も出来ないし、恋人だって作れなかった。妹は結婚もして、子供だっているのに。あの人のせいで、私には自分の人生がなかった」

ああ、そういうことかと、簑島は思った。

嫉妬《しっと》だ。父親の世話に追われて異性と交際することも叶わなかった――実際の理由がどうかはともかく、彼女自身がそう思っている――右田にとって、ストーカー被害さえ贅沢《ぜいたく》な悩みだったのかもしれない。右田が望むものを、諸角は拒絶しようとしている。姉妹のように仲が良い。

そう言われることで、さっさと実家を出て幸福な家庭を築いている妹と、諸角藍子を重ねた部分もあったのかもしれない。

元交際相手のつきまといを相談する被害者の行為は、右田にとっては劣等感と見当違いの怒りを募らせる原因だった。

任意同行された右田の指紋と、コンセントカバーの裏側から採取された指紋は一致し、その後取り調べで追及された結果、右田は犯行を自供した。動機は、簑島が直感した通りだった。諸角藍子によるストーカー被害の相談が、右田には女性として求められていることの自慢のように聞こえていたという。完全な逆恨みによる犯行だった。

右田は被害者から、清原宅の合い鍵を受け取っていた。清原宅の合い鍵をどう処分するか悩んでいると相談を受け、縁切りの御利益がある神社に奉納してきてあげると言って譲《ゆず》り受けたようだ。

右田は被害者から受け取った合い鍵を使い、清原のアパートに侵入、コンセントカバーの内側に盗聴器を仕掛けた。その後、自分も同行するからと諸角をそそのかし、清原と会う約束をさせた。

夕飯は事前に作り置きし、レンジで温めて出した。父と一緒に夕飯を摂った右田は洗い物を後回しにし、自転車で諸角のアパートに向かった。そして諸角を殺害後、すぐに自宅に引き返した。老いた父は、夕飯後、娘がずっと自室にこもっていたと思い込んでいた。

凶器は翌朝、清原のアパートに忍び込んでキッチンの流しに置いた。当初は証拠を室内に残すことまでは考えていなかった。だが盗聴のおかげで、事件の後から、清原が帰宅していないのはわかっていた。清原の住まいで凶器を発見させれば、清原への容疑は決定的なものになる。右田は合い鍵で清原宅に侵入し、キッチンの流しに包丁を置き、立ち去った。

「よくやった。冤罪を作り出すところだった」

伊武はそう言ってねぎらってくれた。

が、言葉ほどには、喜んでくれていないようだった。

清原は犯行を認める供述を始めていたという。実際にはやっていないのに、過酷な取り調べに屈しかけていたのだ。冤罪を作り出す寸前での逆転劇だった。

結果的に面子《メンツ》を潰すかたちになったが、伊武はそんなことで機嫌を損ねるような男ではない。真犯人逮捕を素直に喜べない理由は、ほかにある。

それはこのことだろうと、簑島は思った。

東京拘置所の面会室でアクリル板を挟んで明石と向き合いながら、簑島は膝の上でこぶしを握り締めた。

清原の犯行に疑義を唱えた時点から、伊武には見えていたのだろう。こうなる未来が。

──おまえは刑事なんだ。刑事の職責を果たせ。

あの言葉は、任務を遂行しろという意味ではなく、分をわきまえろ、一線を越えるなという警告だったのだ。

だがもはや、こうなった以上引き返すことはできない。

意を決して、簑島は口を開いた。

「聞かせてくれないか、十四年前の事件について」

「待っていたぞ。その言葉」

明石は涼しげに目もとを細めた。

第四章

1

「十四年前の事件で殺された四人は、全員おまえにスカウトされ、おまえとは日常的に連絡を取り合っていた」

簑島が言うと、明石は目を閉じた。網膜の裏に過去の映像を映し出しているかのようだった。

「ああ。そうだ。風俗嬢ってのはメンタルが不安定な娘《こ》が多くて、日ごろケアしておかないとすぐに出勤しなくなる。人間関係が上手《うま》くいかずに店で孤立したり、店の客層に合わずに客がつかなかったり、逆におかしな客に粘着されたり、単純に給料に不満があったりで、店を移りたがる娘も多いからな」

「刑事だったあんたが、なぜ風俗のスカウトマンなんかになった」

「なんか、とは失礼だな。職に貴賤《きせん》なしだぞ」

「いや、貴賤《ぜげん》はある。自らは動かずに、他人から利ざやをかすめ取る、おまえがやっていたような女衒は、貴賤の賤だ」

「言うね」

明石が苦笑した。「だがその通りかもしれない。そしてそれこそが、おれの本当の姿だったんだ。まともな人間がスカウトマンに身をやつしたんじゃない。根っからのクズ人間が無理して真っ当な人間のふりをしていた。ただそれだけの話だ」

「だが殺しはしていない？」

「していない。女の苦しむ姿を見て興奮するような変態じゃないし、殺したいほどの憎しみを抱くほど、他人に期待しない」

いや、と思い出したように付け足す。

「例外が一人だけいる。おれに罪をなすりつけた人殺しだ。やつだけは何度殺しても足りない。殺したいほどの憎しみを抱いている」

冗談めかしてはいるが、真犯人と対峙《たいじ》したら、本当に殺してしまうかもしれない。そう思わせるような暗い笑みだった。

「おれはまだ、おまえの主張を鵜《う》呑《の》みにはできない」

簑島は言った。

「当然だ」

「おまえの無実を完全に信じているわけじゃない」

「わかっている。現段階で一〇〇%信じて欲しいとは言わない。だが少しでも信じる気持ちが生まれたのだとすれば、検証する手助けをして欲しい」

ほとんど感情の機微を表さない死刑囚の瞳《ひとみ》に、一瞬だけ真摯《しんし》な光が宿った。

「なにをすればいい」

「渋谷のアジトには、もう？」

「行った」

「資料室には入ったか」

「ああ」

書棚にぎっしりと書類が詰め込まれた、図書館のような空間だった。

「あそこにはおれの支援者たちが収集した、十四年前の事件にまつわる資料が保管されている。新聞、雑誌、事件を検証したノンフィクション本、殺人をエンタテインメントのようにおもしろおかしく描いた悪趣味な実録系コンビニ漫画から、支援者自らが集めてきた被害女性たちの情報まで、これまでの独自捜査のすべてがあそこに集積している。おそらく民間では、あそこ以上に事件について知ることのできるデータベースはない」

「民間では」という言葉にピンと来た。

「おれに非公開の捜査情報を明かせというのか」

「なにもいまからデータベースにアクセスしろと言うんじゃない。あんたには、十四年前の一連の事件の捜査情報がぜんぶ頭に入っているはずだ」

はっとなった。

だから自分だったのか。被害女性の恋人だった男が刑事になった。その背景には、過去の事件への強い執着があると見越して。

憎らしいまでに狡猾《こうかつ》な男。だがこの男の見立ては正しい。

明石がアクリル板に顔を近づける。

「警察の手の内をすべて明かせとまでは言わない。アジトの資料に目を通して、足りない部分をあんたの頭に保管された捜査資料で補って欲しい。そうすれば新たな道筋が見えてくるかもしれない。必要なものがあればなんでも言ってくれ。碓井や望月、仁美を使ってくれてかまわない」

簑島は身を引いた。パイプ椅子《いす》がぎしと軋《きし》む。

「あれだけの資料に目を通すのには、かなりの時間がかかる。おれも暇じゃない」

「わかっている。本業を疎《おろそ》かにしてまで協力しろとは言わない。正直なところ、もう打つ手がないんだ。やれることはすべてやった。再審請求できるほどの材料が見つからない。あんたは最後の希望だ」

そのときかすかにだが、明石の頰《ほお》に死刑執行への恐怖が覗《のぞ》いた気がした。

「わかった」

簑島が言うと、明石は肩を大きく上下させて長い息を吐いた。

「恩に着る」

「あまり期待はするな。おれが資料を読み込んだところで、判決を覆すほどの材料が見つかるとも思えない」

「わかっている」

簑島は椅子を引き、立ち上がろうとする。

そのときだった。

「四人だけだ」明石が呟《つぶや》く。

意味がわからずに、簑島は首をかしげた。

「四人」と明石は繰り返し、視線を上げた。

「支援者の数だ。望月、碓井、仁美、そしてあんた。それで全部」

唐突な告白に啞然《あぜん》としていると、明石が軽く眉《まゆ》をひそめた。

「知りたかったんじゃないのか」

「あ、ああ……」

その通りだった。だが、知らされることはないと思ってもいた。

「手紙のやりとりをしたり、面会に来るようなやつならたくさんいる。だが、所詮《しょせん》は興味本位の連中だ。動物園に珍しい動物を見に行く程度の軽い気持ちで接触してくるようなやつは、口ではおれに同調するようなことを言っても、実際に汗をかくのは嫌がる。こちらとしても、そういう人間は信用できない。ガキの使い程度の用事で利用することはあっても、仲間とは思っていない」

「仲間」という単語に反応し、簑島は口を軽く開いた。

それに気づいたらしく、明石が自嘲《じちょう》気味に笑う。

「あんたはそう思っていないかもしれないが、おれは仲間だと思っている。こっちが勝手にそう思っているだけだ」

仲間ではないと言われると思ったようだ。

そうなのだろうかと、簑島は思う。

なにか言葉を発しようとしたわけではなかった。はっとしただけだ。ではなぜはっとしたのだろう。明石に「仲間」と呼ばれ、どう感じたのだろう。自分の感情が自分でもわからなかった。

2

翌日から、簑島は渋谷のアジトにこもって資料読みを開始した。仁美から合い鍵《かぎ》を渡され、自由に出入りできるようになったので、時間を見つけてはアジトに通う毎日だ。途方もない量の資料を読破するのは相当の時間がかかるだろうと覚悟していたが、新聞や雑誌の記事には、すでに読んだことのあるものも多かった。簑島としても、もともと多大な関心を寄せていた事件だ。書店やコンビニで事件に関連するような見出しを見つけるたびに、雑誌や新聞を購入して読んでいた。

明石が起こしたとされる最初の事件は、およそ十四年半前。朝晩の冷え込みが厳しくなり始める、秋の終わりごろだった。

大田区《おおた》蒲田《かまた》にあるホテル『ヴィラ・ショウワ』に出向いたデリヘル嬢・野田《のだ》ちひろが絞殺された。犯人と思われる男は午後二時三十二分にチェックイン。西蒲田にあるデリヘル店『蒲田ウルトラハニー』に携帯電話から発信し、三万円の一二〇分コースで『みく』と名乗っていた野田ちひろを指名した。野田は三時過ぎにホテルに到着、入室したという電話連絡を店にしている。その後、男は午後四時三分にフロントに鍵を返却し、チェックアウトした。休憩料金は前金で支払われていた。フロント係は男が一人で出てきたことに気づいていなかった。フロントに防犯カメラは設置されていたが、ハットをかぶり、だぼっとしたシルエットのモッズコートを羽織った男の人相までは捉《とら》えられていない。身長一八〇センチ前後ということがわかった程度だ。ちなみに明石の身長は一八三センチで、防犯カメラに捉えられた犯人の体格と一致する。

そうだ、犯人は長身だった。このときの犯人がストラングラーとして活動再開したとすれば、外山がストラングラーということはありえない。外山は身長が低く、なで肩だった。このとき目撃された犯人の身体的特徴とはかけ離れている。明石はストラングラーのことになると感情的になる、という仁美の言葉を思い出した。実際にそうなっている。あの冷静沈着な明石の目を曇らせるほどの怒り。明石は本当に無実なのだろうか。

二番目の事件は三週間後、街全体がクリスマスムードで浮かれるころだった。

最初の現場の蒲田とは多摩川《たまがわ》を挟んで隣接する、神奈川県川崎市。JR川崎駅近くのホテル街にある『ホテル美作《みまさか》』で若山敬子《わかやまけいこ》が殺害された。若山は武蔵小杉《むさしこすぎ》にある無店舗型デリヘル『愛情列島川崎店《あいじようれつとう》』に在籍しており、指名の電話を受けて自宅から直接ホテルに向かっている。『ホテル美作』には防犯カメラが設置されておらず、フロントも顔を見られずにキーの受け渡しが出来る造りになっているため、犯人の目撃証言はない。絞殺の手口が同じだったことに加え、店への予約電話は蒲田事件と同じ携帯電話から発信されていたため、警察は連続殺人事件と断定、警視庁と神奈川県警が合同捜査本部を設置し、大規模な捜査を行っている。だが携帯電話はプリペイド式の使い捨てで、犯人の身元特定には至らず、加えて捜査本部がその事実を週刊誌にすっぱ抜かれる失態を演じたせいか、次の犯行以降、同じ番号の携帯電話は使用されなかった。

三人目の被害者が生まれたのは、川崎事件から三か月が経過した、春先のことだった。犯人は大胆にも、ふたたび大田区蒲田のホテルで犯行に及んだ。最初の現場となった『ヴィラ・ショウワ』から五分と離れていない場所にある『ホテル・ニューシンデレラ』。被害者は川崎駅近くのデリヘル店『美女《びじよ》っ子《こ》クラブ』から派遣された西田結《にしだゆい》というデリヘル嬢だった。西田は声優を志して新潟から上京し、昼間は声優の専門学校に通っていた。この事件での犯人は公衆電話から指名予約の電話をかけ、ホテルではなく蒲田駅前での合流を希望していた。『美女っ子クラブ』店長曰《いわ》く、デート気分を演出する目的で、こういった注文をしてくる客は珍しくなかった。

このときの被害者である西田結は、自分を風俗の世界に誘ったスカウトマンである明石にたいし、恋愛感情を抱いていたようだ。なにかにつけて明石にメールや電話をし、頻繁に連絡を取っていた。この事件の捜査で急浮上した明石陽一郎という男が、実は最初の蒲田事件の被害者・野田ちひろ、川崎事件の被害者・若山敬子のこともスカウトしていたことが判明し、捜査本部の行確対象に加わっている。

そして二か月後、簑島の交際相手だった久保真生子が殺害される。

それまで三件の犯行は蒲田、川崎、蒲田と多摩川を挟んだごく狭い範囲に集中しており、犯人もその近辺に在住あるいは在勤で、土地勘のある人物だと思われていた。捜査本部は明石のほかにも数人マークしていたが、それらはすべて蒲田、川崎周辺に住んでいる人物だったという。明石は疑わしい人物リストでも、最上位ではなかった。

ところが、初めて蒲田川崎エリアから離れた場所で事件が発生した。

渋谷の道玄坂にある『ホテル万年』。ミオと名乗って『渋谷バスケットガール』なるデリバリーヘルスに在籍していた真生子は、午後十時半という客の指定通りにホテルに入り、殺された。

犯行現場が渋谷に移動したこと、さらには四人目の被害者も明石によってスカウトされていたことが判明し、明石は捜査本部の徹底マークを受けることになる。

そしてほどなく、新宿ゴールデン街で絡んできたチンピラを返り討ちにした傷害容疑で家宅捜索を受け、押し入れから凶器のロープが発見されたことで、逮捕に至った。

簑島は目と目の間を揉《も》みながら、長い息をついた。

今日はまだ、アジトに来てから三十分ほどしか経《た》っていない。本業のほうで疲労は溜《た》まっていたが、いま簑島が包まれている疲労感は、それとは別種のものだった。十四年も経っているが、当事者としてかかわった事件を客観視するのは難しい。資料を詳細に読み込むほど、当時の記憶が鮮明によみがえり、フラッシュバックが怒濤《どとう》のように襲いかかってくる。

いったん引き受けた以上、投げ出すことはしないが、簑島にとっては覚悟していた以上の負担だった。

それにしても――と、簑島は思う。

資料を読めば読むほど、明石が有罪判決を受けたのは当然に思えてくる。被害者四人とのつながり。逮捕のきっかけとなった傷害事件に代表される人物評価。酒浸りであったために記憶が曖昧《あいまい》で、成立しないアリバイ。そしてきわめつけは、自宅アパートから発見された凶器。やはり明石の犯行だったのではないか。自分は明石の死刑執行までの戯れに付き合わされているだけではないか。そんなふうに考えて、疑心暗鬼になりかける。

「完璧《かんぺき》すぎて不自然……」

簑島が呟《つぶや》いたのは、先日の椎名町事件での清原の逮捕に疑義を呈した際に、明石が発したという言葉だった。そう、椎名町事件と同じように、十四年前の一連の殺人事件も、完璧すぎて不自然と言えるかもしれない。さまざまな証拠が、不自然なまで真《ま》っ直《す》ぐな矢印で、明石が犯人であると示している。その矢印を素直に解釈すれば、明石が犯人ということになり、明石の逮捕、死刑判決という現在の結果につながるのだろう。だが作為的といえば、作為的すぎる気もする。明石という人物を心から信じることは難しいが、明石が非常に賢い人物であるという評価に、疑いの余地はない。そんな男が、アルコールで判断力が鈍っていたとはいえ、こんな刹那《せつな》的《てき》な犯行に及ぶだろうか。

「私のこと？」

ふいに耳もとで囁《ささや》かれ、簑島はびくんと仰《の》け反《ぞ》った。

振り返ると、仁美が笑っていた。両手に持ったグラスの中で泡を立てているのは、シャンパンだろう。

「いたんですか。驚きました」

心臓が早鐘を打っていた。単純に驚いたためか、仁美と接近したせいかはわからない。

私のこと？という発言の意味を考えて、簑島の「完璧すぎて不自然」という言葉にたいする反応だと気づく。仁美は冗談を言ったのだ。

「驚かせるつもりはなかったんだけど。部屋に入ってもぜんぜん気づかないから」

仁美が唇を曲げ、グラスを一つ差し出してくる。

断ろうかとも思ったが、どうせ無駄な抵抗だ。簑島はグラスを受け取り、金色の液体で唇を潤した。

「ずいぶん集中してたね」

「え、あ……ええ」

仁美が明石と斜めに向き合う位置に座り、資料を覗き込む。

「どう？　なにか真犯人逮捕への糸口は見つけられた？」

「いえ」

「そんな簡単なものじゃないか」

また だ。彼女の、明石にたいする距離感は理解に苦しむ。妻ならば、しかも入籍して一年も経っていない状態ならば、なんとしても夫の無実を証明したい。そう願うものではないか。

「仁美さんは――」

なに？　という感じで、仁美が顔を上げた。

「どうやって明石と知り合ったんですか」

「手紙を書いたの」

「手紙？」

「そう。手紙。いまどき便箋《びんせん》に封筒なんて、ロマンチックでしょう」

虚空を見上げ、うっとりと目を細める。

「なぜ手紙を書いたんですか」

「イケメンだったから。それに、週刊誌に掲載された手記で、死刑判決が出た後もいまだに無実を訴えているって読んだから」

あの記事か。そういえばここの書棚にもあったなと、簑島は視線を書棚に向けた。

三年ほど前、週刊誌に明石の手記が掲載されたことがある。否認を続けたにもかかわらず、物証と状況証拠のみで公判に持ち込み、死刑判決を引き出した検察の横暴を糾弾する内容だった。当時は反省の色一つ見せない明石の姿勢に憤り、吐き気すら催したものだ。一刻も早く刑が執行されればいいと思った。

「仁美さんは、あの記事を読んで明石が無実かもしれないと思い、手紙を書いたんですか」

「どう、かなあ……無実かもしれないっていうか、無実だったらおもしろいなとは、思ったけど」

おもしろい。たしか明石の無実を信じているのかと訊《たず》ねたときにも、「無実だったらおもしろい」と言っていた。

仁美が肩をすくめる。

「ぶっちゃけ、退屈だったの。一生かかっても使い切れないほどのお金を手に入れたけど、期待したほど幸せにはなれなかった。それまではずっと、お金さえあれば幸せになれると思っていて、そのために頑張ってきたのに」

――あの女……仁美はバツ3だ。しかも三人の元夫は、どいつもこいつも庶民からは想像もつかないような金持ちばかりときてる。

碓井の言葉が脳裏をよぎった。「頑張り」の内容については、触れないほうがよさそうだ。

「明石って顔はイケメンだし、話はおもしろいしで、実際に会ってみると魅力的な人だから、この人は無実かもしれない、無実だったらいいなと思わされる。白を黒と言っても説得力を持たせられそうなぐらい口が上手《うま》いから、本当のところまではわからないのが本音だけど。あの人と面と向かって話していると、なんとなくそう思える。だから、冤罪《えんざい》証明の過程にかかわれたら楽しいかもしれないと思って、明石と籍を入れることにした。でも、ちょっと難しいかもしれない」

仁美が不本意そうに唇を曲げた。

「なぜですか」

「近々内閣改造があるかもってニュースで言ってたの、見なかった?」

「ああ。らしいですね」

失礼ながら、仁美はあまり政治には関心なさそうだと思っていたが。

そんなふうに意外に思った次の瞬間、気づいた。

「法務大臣が替わる?」

「そ」と仁美は軽い口調で言った。

「私にはよくわからないけど、いまの法務大臣って、そもそも死刑に反対なんでしょう? ってか、そんな人間を法務大臣にするなんて理解できないけど、そのおかげで明石は命拾いしてきた」

たしかいまの法務大臣は人権派弁護士として知られる、死刑廃止論者だった。それでも何件かの死刑が執行されたはずだが、歴代の法務大臣に比べると少なかった。ここ最近で、死刑が執行されたという話も聞かない。

内閣改造で誰《だれ》が後任に就いても、いまの法務大臣のようにはいかないだろう。明石のように世間を騒がせた有名な殺人鬼の死刑を実行することは、法務大臣の威厳をアピールする上でも有効な手段だ。

「時間がないってことですよね」

自分でも奇妙だった。あれほど願った明石の死刑執行を、いまは止めようとしている。期限が迫って焦っている。

「っていうか、もう間に合わない、ってことじゃないかな」

あまりにあっけらかんとした、仁美の言い草だった。

「これまで楽しかったし、もしも冤罪が証明できたらどうしようって、わくわくさせてもらった。それについては感謝してる。明石にも、望月くんにも、碓井さんにもね。だけど、最近すごく思う。もう無理なんじゃないか……って。私たちがしているのは、ただの悪あがきなんじゃないかって気がしてきてるんだ。明石が殺されるゴールは決まっているんだけど、明石の心の平安を保つために私たちが動いている。いわば、私たちはいまから明石の供養をしてあげているんじゃないか。そう思うと、なんか気持ちが落ちちゃわない？」

簑島は答えられなかった。かなり身勝手な仁美の主張自体は、まったく心に響かない。むしろ簑島の心を刺したのは、仁美がなにげなく使った「明石が殺される」という表現だった。死刑は紛れもなく、国が法の名の下に行う殺人なのだ。簑島は自分に代わって国が明石を殺してくれることを願っていた。その感情の醜悪さについては、何度も自問自答した。人を殺した人間だからといって、誰かがそいつを殺してもいいのか。国が死刑囚を殺したら、国は罰せられないのか。国には人の生命を奪う権利があるということなのか。憎い相手だからといって、自分の代わりに誰かが殺してくれるのを望むなんて、人として間違っていやしないか。そんなことを望む時点で、自分も殺人鬼と同じではないのか。

いいんだ、と自分を納得させ、それ以上は考えないようにしてきた。相手は冷酷で、卑劣な殺人鬼だから、罰を受けて当然。犯した罪には、罪に相当する罰が与えられるべきで、その内容についても法で定められている。法の執行を望んでなにが悪い。

だが、もしも冤罪だったら。

無実の人間が殺されるのを、望んでいたのだとしたら――。

「ねえ、朗くん」

仁美に覗き込まれ、我に返った。

「すみません。なんでしょう」

「朗くんは、どうなの」

「どう……とは」

「明石が無実だと思ってるの。っていうか、もしも明石が無実ではなかった場合、明石は朗くんの恋人を殺した男ってことになる。それについて思うところはないの」

いまさらだけどと、仁美は探るような、反応を愉《たの》しむような上目遣いになる。

思うところは、もちろんある。いまだに明石という人物を、心から信用しているわけではない。

「知りたいんです」

簑島の言葉に、仁美が首をかしげた。

「なんで真生子だったのか、なんで殺さなきゃいけなかったのか、真犯人に聞きたい。そうでなきゃ、おれの中で事件は終わらない。そんな気がするんです」

「真犯人が明石だったとしても？」

「だとしても、です。おれにとって明石はずっと、得体の知れない怪物のような存在でした。それがいままでは、実際にやったのか、そうでないのか以前に、一人の人間になった。まともな人間はあんなことはしない。娯楽で人を殺したりしない。だから、もし明石がやったのだとしても――」

そこで簑島の言葉は途切れた。

立ち上がった仁美が、口づけしてきたからだった。

簑島は身じろぎひとつできずにいた。全身が硬直して動かない。全神経が唇に集中したようだった。仁美の唇はあたたかく、柔らかだった。

唇が離れる。

「な、なにを……」

まったく現実感がない。

「かわいいなと思って、つい……ね」

仁美が微笑《ほほえ》ましげに目を細める。

全身が心臓になったようだった。グロスで艶《つや》を放つ仁美の唇を見つめる。あの唇が、いま、自分の唇に。実感があらためて簑島の頬を火照らせたそのとき、仁美は鋭い口調になった。

「やるの、人間は。どんな残酷な犯罪でも、起こすのは人間。怪物なんかじゃない。人間が怪物なの。誰だって自分の内側に怪物を飼ってる。明石も、私も、朗くんもね」

遠ざかる足音を、簑島は放心しながら聞いた。

3

明石は面会室に入ってくるなり、にやりと唇の片端を吊《つ》り上げた。満面の笑みではないが、これまでのように挑発するような嫌な笑い方でもなかった。

「調子はどうだ」

椅子を引きながら、簑島に問いかける。

「残念ながら手土産《てみやげ》と言えるほどの成果はない」

「違う。おれが訊《き》いたのは、あんたの体調だ」

簑島は目を瞬《しばた》いた。

明石がふっと息を吐く。

「顔色がよくない。疲れてるんじゃないか」

「そうか？」

「目の下に隈《くま》も浮いてる。あまり寝ていないんじゃないか。自分で頼んでおいてなんだが、無理はしないでくれ」

「あ、ああ」

疲れている自覚はないものの、明石の指摘通り、睡眠時間は多くなかった。時間の許す限り、渋谷のアジトに足を運んでいる。事件の資料を読みながら眠ってしまい、デスクに突っ伏したまま朝を迎えることもあった。もっとも、簑島がそこまでするのは、明石の冤罪を証明するためだけではない。いまや簑島自身が、事件に憑《つ》かれつつあった。

明石が小さく笑う。以前までの皮肉っぽい響きを取り戻したような笑みだった。

「女を四人も殺した冷酷な殺人鬼が、他人の体調を心配するなんて意外か」

いや、と否定しかけて軌道修正する。

「ああ。正直なところ、驚いた」

「元風俗のスカウトマンだぞ。情緒不安定な女たちを操縦してきたんだ。むさ苦しい刑事なんかよりもよほど気遣いができる。いや、気遣っているふりがな」

「いまのも気遣っているふりってことか」

「ふりすらできないやつよりもマシだろう」

親しげに笑いかけられ、簑島も思わず頬を緩めてしまう。

「一つ、訊きたいんだが」

「少しはおれという人間に興味が湧《わ》いたようだな、一歩前進だ」

おどけたように眉を上下させる明石を鼻で笑い、簑島は言った。

「なんで風俗のスカウトマンになった」

檻《おり》の中にいながらにして、限られた情報から事件の真相を見抜くような男だ。刑事時代も相当に有能な人材だったに違いない。敵を作りやすく、組織に収まりきらない性格的な難点はあっても、風俗のスカウトマンに身をやつしてしまうのはあまりにもったいない。ずっと疑問だった。

前にも同じ質問をしてはぐらかされている。なにか事情があるのだろう。

しばらく一点を見据えていた明石が、口を開く。

「刑事時代に使っていた情報屋の伝手《つて》だ。警察を辞めた直後に連絡があって、これから無職になるって話したら、紹介された。警察なんて堅い仕事をしてた反動かもしれないな。どうせやるなら対極にあるような仕事をしようと思って、話に乗っかった」

訊きたいのはそういうことじゃない。

簑島が口を開く前に、「わかってる」と明石が頷《うなず》く。

「なんで警察を辞めたのか、ってことだよな」

へらへらと軽い口調を装っているが、頬の強張《こわば》りにかすかな緊張が垣間《かいま》見《み》えた。

「女、だよ」

「女……？」

「ある殺人事件の被害者の妻と、良い仲になっちまった」

あっ、と声が出そうになった。自分も刑事だからわかる。それはたしかにまずい。

それだけじゃないんだ、と明石は続ける。

「実はその女は、ただの被害者遺族じゃなかった。疑わしい存在として、捜査本部がマークしている相手だった」

「被疑者ってことか」

悲劇のヒロインを演じる張本人が犯人というパターンだろうか。

「そうなる予定だった、ってところだな。実際には、被疑者死亡で書類送検、不起訴という結末だった」

「女が死んだ？」

「ああ。自殺した」

簑島は息を呑《の》んだ。明石が目を閉じる。

「夫婦には幼い息子がいたが、妻が旦那《だんな》を殺す半年前に、マンションのベランダから転落死していた。事故死として処理されたが、妻はずっと、旦那が突き落としたんじゃないかと疑っていた。どうやら日常的に虐待があったようだ。転落事故が発生した時点で妻は外出していて、息子が誤って転落したという言い分を信じるしかなかった」

だが妻は夫を疑い続けた。そしてなにかの拍子に、やはり息子は夫に突き落とされたと確信するような出来事があったらしい。

「おそらく動機はそれだ。いまとなっては、想像するしかないが」

明石が眉間《みけん》に皺《しわ》を寄せる。

そして息子が死んだ半年後に、夫が死んだ。自宅近くの跨線橋《こせんきょう》から転落し、走ってきた電車に轢《ひ》かれるという死に方は、当初、自殺と見られていた。

だが検死によって、バラバラになった遺体の背中の部分に、虫に食われたような小さな傷が発見される。後にそれが、スタンガンによってできた火傷《やけど》だと判明した。死んだ男は跨線橋の上でスタンガンを当てられ、失神して転落させられ、電車に轢かれたのだった。自殺ではなく殺人だったのだ。

そして事件の捜査本部に参加したのが、明石だった。

明石は事情聴取のために被害者宅を繰り返し訪問するうちに被害者の妻に惹《ひ》かれるようになり、やがて男女の関係になってしまう。

当初、捜査本部は被害者の妻をまったく疑っていなかった。だが寝物語に身の上話を聞かされた明石は、妻が夫にまったく愛情を抱いていなかったこと、半年前の息子の死因について妻が疑念を抱いていたこと、夫が妻と息子に暴力を振るっていたであろうことを知り、被害者の妻を疑い始める。そしてそのことを捜査本部に報告した。

「だが任意同行をかけるには、物証が乏しかった。そこでおれに白羽の矢が立ったってわけさ。おれは女を訪ねるたびに、隙《すき》を見てあちこち家捜しした。スパイになったんだ」

「事件の関係者との交際を、周囲は知っていたのか」

そんなことが公になれば、まず出世は望めない。タブー中のタブーだ。

「隠してたつもりだが、隠し切れていなかった。おれも若かったし、まわりは人を疑うのが仕事の、百戦錬磨の刑事どもだからな」

明石が不本意そうに鼻に皺を寄せる。

「おれは女と会うたびに家捜しを続け、ついに隠されていたスタンガンを発見した。見つかって欲しくはなかったが、見つけてしまったものはしかたがない」

明石はスタンガンを見つけたことを伝え、女に自首を勧めた。本当は、スタンガンを見つけたらなにもせずに上司に報告しろと命じられていたが、自首を勧めることこそが、一度は愛した女への情けだと思った。その場でスタンガンを押収することはしなかった。違法な捜査ということになり、公判を維持できなくなる。それに、かりにスタンガンを処分されても、捜査本部に犯人と目されれば、逃れようがないと思った。アリバイを崩し、細かい検証や物証、状況証拠を積み重ねて、必ず逮捕に至る。

女は意外にもあっさりと説得に応じた。だが、署に同行するという明石の申し出は拒否された。翌日には必ず出頭するから帰って欲しいと言われ、信じることにした。

だが女は約束を破った。明石が帰った後、自宅で首を吊《つ》ったのだ。

「振り返れば、あいつは逮捕を恐れていたわけじゃなかった。おれに裏切られたことがシヨックだったんだ。あいつに自首を勧めたとき、おれが最初からスパイ目的で近づいたのか、そればかり何度も確認された。最初から疑っていたわけじゃない。本気で愛していた。おれがそう言っても、もうなにも信じられなくなっていたんだろう」

明石が苦いものを飲んだような顔をする。

「それで、警察を」

「おれは愛した女を死なせた。その女は罪を犯したが、極悪人だったわけじゃない。極悪人はむしろ、殺された旦那のほうだ。これじゃ、なにが正義かわからない。おれにはもう、刑事なんて続けられなかった」

薄く息を吐いた明石が、笑顔になった。

「あんたは愛した女がきっかけで刑事になり、おれは愛した女がきっかけで刑事を辞めた。まさしく運命の悪戯《いたずら》だな」

そういえば、と唇に手を触れる。

「仁美は少し、あのときの女に雰囲気が似ている」

簑島は柔らかい唇の感触を思い出し、ぎくりとした。まさか、明石になにか勘づかれているとも思えないが。

明石は愉快そうに肩を揺すった。

「顔やスタイルはまったく似ていないんだがな。仁美は不思議な女だよ。男の好みを瞬時に察知し、その男の望むように自在に自分を演出する。メイクや服を替えることなく、言動や立ち居振る舞いだけでな。あれは天性だ」

「ああ」つい同意してしまい、意外そうな顔をされた。

「あんたも感じたのか。自分の好きだった女に、似ていると」

しまったと思うが、いまさら否定はできない。簑島は首肯した。

「見た目はまったく似ていないのに、真生子に似ていると思った。不思議だった」

「……惚《ほ》れたか」

意地悪そうに目を細められ、「なにを言い出すんだ」と語気を強める。

「かまわないぞ。おれたちは便宜上《べんぎじよう》結婚しているだけで、普通の夫婦みたいに愛情で結びついているわけじゃない。もっとも、愛情で結びついた夫婦が『普通』と言えるのかについては、議論の余地があるかもしれないが」

かすかな微笑が挟まる。

「とにかく、あんたと仁美がどうなろうが、文句を言うつもりはない」

「どうもならない」

ぴしゃりと言い放つと、「そうムキになるな」と明石が愉快そうに肩を揺すった。

そして笑いを収め、ふいに言葉を零《こぼ》す。

「真生子さんも、不思議な女だった」

簑島は息を詰めた。

「聞きたいか、彼女について。あんたの知らない、もう一つの彼女の顔について」

試すような視線に、身動きが取れない。

そのときだった。

「時間だ」

明石の背後で刑務官が立ち上がった。

「わかりました」

軽く身体《からだ》をひねって応じた明石が、腰を浮かせる。

「その気になったら来てくれ。彼女について、おれの知る限りの情報は提供する」

そのまま立ち上がり、背を向けて面会室から出て行った。

4

簑島に肩を叩《たた》かれ、望月は飛び上がらんばかりに驚いた。

「簑島の旦那。いつの間に……」

自分の胸に手をあて、小さな目を限界まで見開いている。ここまで歩いてくる途中で目が合ったような気がしたので気づいていると思っていたが、気のせいだったらしい。やはりこの男はどこか抜けている。

「どうした。こんなところに呼び出して」

錦糸町駅北口のロータリーだった。明石との面会から二日が経過している。今日も本庁での勤務を終えて渋谷のアジトに向かおうとしたところで、望月から連絡があったのだ。

「ご足労おかけします。歩きながら話しましょう」

望月と肩を並べて歩き出した。

「毎日、お勤めご苦労さまです」

「きみに言われると、お勤めが違う意味に聞こえるな」

簑島は苦笑した。

「そうですか」

なにを誤解したのか、望月が恥ずかしそうに金髪頭を撫《な》でる。

「前から思ってたんだけど、その格好、誰の影響なの」

簑島は訊いた。今日も望月はべったりと固めたリーゼントに、派手な柄のアロハシャツという格好だ。典型的なチンピラスタイルといえばそうなのだが、「いま」のチンピラとは少し違う気がする。もっと前時代的だ。

「変ですか」

「変じゃないけど、個性的だ」

「ありがとうございます」

褒めたつもりはないのだが、本人が喜んでいるのならよしとしよう。

「で、用件は」

「外山刑事の事件について、調べていたんです」

そうだと思った。明石に心酔する望月は、外山がストラングラーに殺されたという明石の説も信じたらしい。このところ、毎日のように錦糸町方面に出かけているらしかった。

「表向きには事件じゃないけどな」

「わかってます。自殺ですよね」

その可能性は最初から考えていないという口ぶりだった。もちろん簑島も、外山が自殺したとは考えていない。だが、外山を殺したのがストラングラーだった、あるいは、外山自身がストラングラーだったという可能性も、限りなく低いと考えていた。

「どうしてきみは、明石にたいしてそんなに献身的になれるんだ」

「だって明石さん、すごくないですか」

答えになっていないが、望月が明石という男に魅了されているのはわかる。

「だとしても、明石は人を殺したかもしれない」

「殺してないです」

即答だった。「明石さんは殺してないです。ぜったいやってない。濡《ぬ》れ衣《ぎぬ》ですよ。簑島の旦那がまだあの人を信じられないのは、しかたないと思いますけど」

望月が残念そうに肩をすくめる。

「でも、あの人がやっていないっていうんだから、やってない。おれにとってあの人は、兄貴であり、親父《おやじ》であり、先生なんです。まあ、本当の兄貴とか親父がいたらどんな感じなのか、わからないんですけど」

はっとする簑島を、望月がきょとんとした顔で見る。

「言ってませんでしたっけ。おれ、家族いないんです。だからおれにとって、明石さんが唯一の家族みたいなものなんです」

錦糸公園の外周をぐるりと一周するように歩く。

「どこに行くつもりなんだ」

簑島はたまらず確認した。このまま真っ直ぐ進めば、最初にいた場所に戻ってしまう。

「どこっていうか……おかしいな。このへんにいてくれって頼んどいたのに」

望月がこめかみをかき、周囲を見回す。誰かと待ち合わせをしていたらしい。

「電話かメールは」

「持ってないんです」

いまどき携帯電話も持っていない？

簑島が不審を抱いた直後、その理由が判明した。

「やっさん！」

待ち合わせ相手を発見したらしく、望月が車道の向こう側の歩道に手を振る。そこには、顔の下半分が白髪の髭《ひげ》に覆われた老人が、とぼとぼと歩いていた。季節外れのカーキ色のロングコートを羽織り、雨が降っていないのに傘を持ち歩いている。と思ったら、傘には生地がなく、骨組みだけのようだ。どうやら「やっさん」はホームレスらしい。こちらに見向交通量も多いためか、やっさんには望月の声が届いていないようだった。

きもせずに歩いている。

車道を挟んだまま同じ方向に歩き、横断歩道を渡って駆け寄った。

「やっさん」

望月に至近距離から声をかけられ、やっさんはようやく気づいたようだった。髭に覆われた口を「おお」とわずかに開く。使い込んだ雑巾《ぞうきん》のような臭《にお》いが立ちこめていて、通行人が大きく避《よ》けて通り過ぎる。

「なんで来ないんだよ。錦糸公園の前でって、約束したろう」

責めるような望月の口調にも、「おお」と小さく応じるだけだ。大丈夫なのかと、簑島は不安になる。

「約束したって。外山刑事の話をしてくれるって」

「そうだっけ」

「したよ。ほら、これ」

望月がアロハシャツの胸ポケットから煙草《たばこ》のパッケージを取り出すと、「そうだった」とやっさんが手をのばした。しかし望月はそれを避け、「話をしてからだ」と念を押した。

そして簑島を振り返る。

「やっさんは、亡くなる直前の外山刑事を見たそうです」

本当だろうかと、簑島はまず疑った。煙草欲しさに望月の求めるような話をでっち上げているだけではないか。

とはいえ、本当に重要な目撃証言がえられる可能性もある。疑問点をぶつけてみることにした。

「外山刑事と面識があったんですか」

「おお」という返事が肯定なのか否定なのか判断できずに戸惑っていると、望月が助け船を出してくれた。

「なんで外山刑事のことを知ってたの」

やっさんは動きを止め、遠くを見るように目を細める。話を理解できているのか不安になるような間があったが、ちゃんと伝わっていたらしい。ぼそぼそとした声で話し始める。

「煙草とか酒とかくれるけんの。このあたりでなんか事件が起こると、わしのとこに話を聞きに来るんじゃ」

外山はやっさんを情報屋として利用していたらしい。そういう関係なら、道端で外山を見かけたら気づくだろう。不自然ではない。

「間違いなく、亡くなる直前だったんですか」

「やっさん、この前の話をもう一度頼むよ。外山刑事を見たって話」

望月が胸ポケットから煙草をちらりと見せながら催促すると、「おお」と呻《うめ》くような声の後で、やっさんが話し始めた。

「誰かとビルに入って行きよった。近くを通るときにボソボソ話しとるのがちらっとだけ聞こえたが、薬がどうのこうのと言いよったな」

いまの聞きましたか、という感じに、望月がこちらを見る。

「それはいつの話ですか」

「夜遅くじゃ。それからちょっとしてそこを通りかかったら、救急車やらパトカーやらが集まっとった」

「やっさんが外山刑事を見たのは、午前一時ごろです」と望月が補足する。

「どうして断定できる」

「近くの居酒屋が閉店してゴミ出しをするのが、その時間なんです。だからやっさんは、その時刻前後にいつもそのあたりにいるんです。な、そうだよな？　やっさん」

「おお」やっさんが頷く。食料調達のために飲食店の閉店時刻をめがけて巡回しているから、時間に正確というわけか。だとしたら、この証言は信頼に足るのかもしれない。

「誰かと、とおっしゃいましたが、外山と一緒だったのは、どういう人物でしたか」

「知らん。暗かったし、そもそも興味ないけの。ちっこい刑事のほうはわかったけども、一緒の男のことは見てもおらんかった」

「男だったんですね。それは間違いないんですか」

「男じゃった。おなごを男と見間違えるほど耄碌《もうろく》しとらん」

　やっさんは不本意そうだ。

「どんな見た目でしたか。背が高かったとか低かったとか、髪型とか服装とか」

「だけん、見とらんと言うたやないか。ちっこい刑事よりはデカかったかもしれんが、あの刑事より小さい男を捜すほうが難しいやろ。ただ、それなりに年齢行っとるんやろうなとは思うたわ」

「どうしてそう思ったんですか」

「知らんて。そんな雰囲気やったけ、そう思っただけじゃ。声がなんとなく年食っとる感じやったし、ちっこい刑事のほうが、へこへこしとったからやないか」

約束やけ、早よ煙草よこせ、と望月から煙草をふんだくり、やっさんは立ち去った。

その後二人は、錦糸公園内を歩きながら話した。

「やっぱり外山刑事は、自殺ではなかったんですね」

望月は興奮冷めやらぬ様子だ。

外山は自殺ではなく、何者かによって殺害された。蓑島も最初からそう考えていたが、目撃証言によって裏づけが取れたのは大きい。やっさんの証言には、犯人像が絞り込めるほどの情報は含まれていなかったが、それだけに余計な作為や誇張も感じられず、信頼に足るものだと思えた。

「犯人は暴力団関係者、かな」

蓑島は歩きながらこぶしを口にあてる。

やっさんは二人が「薬」について話していたと証言した。それがすなわち違法薬物ということにはならないかもしれない。それでもその直後に外山が殺されたのだから、動機に直結する話題だったという推理はおかしなものではない。

外山は金本を逮捕する際に覚醒剤《かくせいざい》を用いた。覚醒剤入手のために、なんらかの反社会勢力に属する人物と接触したのは間違いない。その相手と揉めたのだろうか。売買をめぐる金銭トラブル。あるいは、反社会勢力とのつながりを餌《えさ》に誰かに強請《ゆす》られるなどして揉めたか。

「簑島の旦那。外山刑事の裏社会人脈を辿《たど》れば、犯人に行き着くんじゃないですか」

望月はおそらく、簑島の警察人脈をあてにしている。外山の付き合いがあった暴力団関係者から辿るとすれば、当然そうなるだろう。

簑島としても異存はない。外山の死は、ストラングラーには関係ないかもしれない。だが、殺人の可能性が限りなく高くなった以上、調べないわけにはいかない。通常の業務の合間を縫って、調べてみることにした。

5

警視庁本部の玄関をくぐろうとしたところで、「おう」と伊武に声をかけられた。

「お疲れさまです」

振り返ると、伊武は捜査一課の同僚数人と一緒だった。食事にでも出かけていたのだろう。

「一人でどこ行ってた」

先輩刑事の一人が、ベルトをずり上げる。

「ちょっと、野暮用で」

ここ一週間ほど、外山の裏社会人脈を調べていた。まず外山の生活安全課時代の同期を当たってみたところ、昨年度まで外山と同僚だった中に、簑島の警察学校時代の同期がいることがわかった。現在は世田谷《せたがや》区の所轄署に異動した同期に会い、話を聞いた。

外山は正義感が強く、非常に優秀な警察官だったようだ。ただし、正義感の強さゆえに強引な手段に訴えることも多かったらしく、後輩の立場から見れば「尊敬はできるが組むのは怖い」との意見もあったという。同期は明言こそしなかったものの、どうやら犯人を逮捕するために証拠を捏造《ねつぞう》するような真似《まね》は、金本のときが初めてではなかったのではないかという印象を受けた。

同期から外山とかかわりのあったであろう暴力団の名前をいくつか聞き出し、碓井がライターとしての人脈を駆使して、覚醒剤をシノギにしている組と、その構成員を絞り込んだ。

現在は碓井、望月と協力し、外山に覚醒剤を譲った暴力団員の特定を急いでいる段階だった。無論、本業を疎《おろそ》かにするわけにはいかないので、覚醒剤ルートの調査にかかりきりというわけにもいかない。この一週間にも殺人事件が発生し、簑島が捜査本部に召集されることがあった。その間、碓井と望月だけで調査を進めたが、幸いなことに二日で殺人事件の犯人が逮捕され、簑島も泊まり込みの捜査から解放された。

「ミノ。おまえ、ちょっと時間あるか」

伊武に訊かれ、「はい」と簑島は頷く。

連帯感はあるものの、それぞれが独自の情報源を持つ一匹狼《おおかみ》の集まりが、捜査一課だ。ほかの刑事たちはなんの話か詮索《せんさく》することもなく、「それじゃ、行っとくわ」とエレベーターのほうに歩き去った。

ちょっと歩こうぜと誘われ、簑島は伊武とともにふたたび警視庁本部を出た。

さて、どっちに行くかなと左右を見た伊武が、左に歩き出す。半蔵門《はんぞうもん》の方角だ。右を選べば日比谷《ひびや》公園を抜けて有楽町《ゆうらくちょう》に出る。人通りの少ないほうを選んだのだろう。

内堀《うちぼり》通り沿いの歩道を、肩を並べて歩く。

「覚えてるか。おまえが捜一に来て、最初に担当した事件」

伊武が昔話をするのは珍しい。虚を突かれながらも、簑島は頷いた。

「もちろんです」

高校一年生の少年が父親を殺害した事件だった。ゲーム機を勝手に処分されたことに腹を立て、息子が父親を刺し殺した。少年は不登校で引きこもり気味だった。息子を登校させようとした父親が、引きこもりの原因をゲーム機に求めたのだ。

父を刺殺した少年は自転車で逃走。半日、行方《ゆくえ》をくらました少年を逮捕したのが、伊武と簑島のペアだった。

少年は東京都下の遊園地で発見された。少年にとっては、幼いころ、よく父に連れてきてもらった思い出の場所だった。自宅に残された少年の母から事情聴取をする際、リビングのチェストに置かれた写真立てに、伊武が気づいた。家族三人が笑顔で収まる写真の背景が、その遊園地だった。

「あのときは、なにを言い出すんだと思いました」

少年は父を殺したことを後悔している。父との思い出の場所を訪れるに違いない。伊武はそう主張し、簑島と捜査一課の同僚数人とで、遊園地を捜索した。すると、本当に少年が見つかったのだった。

少年は父を刺した凶器のナイフを所持していた。刑事に取り囲まれ、ナイフの刃先を自分の喉《のど》に突きつけて死のうとした。それを懸命に説得したのが、伊武だった。

「たまたま勘が当たっただけだ。犯人にゆかりのありそうな場所は、だいたいほかの捜査員が配置されてたからな」

伊武が照れ臭そうに鼻の下を擦《こす》る。

あれから簑島も多くの現場を踏んできた。その間、ずっと伊武の背中を追いかけてきた。警察とは、刑事とはなんたるかを、言葉ではなく行動で示してくれる存在だった。

ふと思う。明石に心酔する望月と、伊武を慕う自分は同じなのかもしれない。

だが、違う。次の瞬間に思い知らされた。

「もう、変な連中とつるむのはやめろ」

簑島は立ち止まる。

「どういう意味ですか」

「どうもこうもない。言葉通りの意味だ。死刑囚の無実を証明するために現役の刑事が動き回るなんて、おかしいだろう」

伊武が数歩先に進み、振り返った。

「明石が無実かどうかなんて、はっきり言って警察組織には関係ない。組織にとって必要なのは、足並みを揃《そろ》えることだ。かりに明石が無実であっても、警察内部の人間がその証明に協力する必要はない。こっちとしては、送検の時点ですでに結論を出している。無実であろうがなかろうが、それを証明できようができまいが、組織の出した結論をひっくり返そうと動くこと自体が問題だ。おまえがやる必要はない。やりたいやつがいれば、やらせておけばいい」

「それは、できません」

明石と望月の関係とは違う。望月なら、明石からどんな理不尽を要求されようと拒むことはしない。

おれたちは結局、刑事なんだ。

人に従うのではない。己の信じた正義に従う。

「どうしてだ」

伊武の眼差《まなざ》しが棘《とげ》を帯びる。取り調べで被疑者に相対するときと、同じ表情だった。

「明石は無実かもしれません」

「おまえがそう思い始めているのは知ってる。椎名町のヤマで、清原が誤認逮捕だと言い出したときからな。厄介なことになりそうな予感がしてた」

そしたらこのザマだと、伊武が首をかく。

「おれはずっと、明石を真生子の仇《かたき》だと思って生きてきました。警察官を志望したのもあの事件がきっかけだったし、刑事を目指したのは、明石のような卑劣な犯罪者を自分の手で捕まえるためです」

「それも知ってる。おまえにとって、これまでに相対したすべての犯罪者は明石だった。犯罪者を検挙するのが、おまえにとって明石への復讐《ふくしゅう》だった」

「でもおれの復讐は、見当違いだったかもしれないんです」

「見当違いだろうと問題はない。犯罪者を検挙するのはおれたちの仕事だ。間違ったことをやってるわけじゃない」

「捕まえるべき相手が、ほかにいたかもしれない」

内堀通りを大型トラックが通過し、伊武が声を大きくする。

「捕まえるべき相手は、おまえが決めるんじゃない！」

エンジン音が遠ざかるのを待って、伊武は続けた。

「おれたちの仕事は、上から与えられた事件の解決だ。事件を選ぶことはできない」

「仕事には手を抜きません」

「当たり前だ」

「手の空いたときに――」

「だから、そういう問題じゃないんだ！　わかんないのか、おまえは！」

伊武に胸ぐらをつかまれた。今回は、大型トラックは通過していない。

「おまえ、明石に洗脳されてるぞ」

「違います」

「違わねえ。おまえにとって、過去の辛《つら》い記憶は仕事に取り組む原動力であり、同時に宗教のようなものだった。おまえは犯罪に向き合っているようで、その実、いつもその向こう側にある明石の幻影だけを見ていた。危なっかしいバランスだが、それでも仕事に没頭するのは悪いことじゃない。おれがハンドリングしてやればいいと思っていた」

興奮のあまり、伊武の声が震えていた。

「おまえを明石に面会に行かせたのが間違いだった。ストラングラーなんてふざけた名前の殺人鬼が現れてから、おまえは少しずつおかしくなっていた。薄れかけていた明石の幻影が濃くなり、存在感が増しているようだった。たしかにストラングラーは、明石の手口を真似ている。だがいまや死刑を待つばかりの身になっている明石が、事件に関係しているはずがない。ぶん殴ってでも止めるべきだったよ、おまえのことを。これほどまで明石に傾倒するようになるとは」

「明石に傾倒しているわけじゃありません。真実を希求しているだけです」

「真実なんてものはない！　あったとしても、それはひとつじゃない！」

血走った眼《め》が睨《にら》みつけてくる。荒い息が顔にかかる。

簑島は目を逸《そ》らさなかった。

すると、伊武が言った。

「おれなんだ」

意味がわからない。眉をひそめる簑島に、伊武が繰り返す。

「おれなんだ。明石のやつに、ワッパをかけたのは」

ぐらりと視界が揺れた。

簑島の服をつかんでいた伊武の手が離れ、だらりと落ちる。

「でも、当時……伊武さんは」

簑島は混乱した。

「ああ。捜査四課だった。だがあれだけの大事件だ。所属なんか関係なく手の空いてるやつは捜査に投入された。明石犯人説を進言したのは、おれだ。やつの行動を徹底マークし、やつにワッパをかけた」

言葉が出てこない。脳は猛スピードで空回りするだけで、なんの考えも浮かばなかった。

「どうして、黙ってたんですか」

簑島の古傷を刺激しないための配慮？

違う。事件についていっさい話さないのならそれも考えうるが、伊武はそうではなかった。あくまで事件と距離があるスタンスを保って話していた。

だとすれば、簑島に知られたくない事情があるのだ。明石に手錠をかけた張本人だと告白すれば、当然、簑島は当時の状況について詳しく話を聞きたがる。おそらく、捜査の過程でなにかをねじ曲げてしまったのだろう。明石逮捕を優先するあまり、越えてはいけない一線を越えた。

まさか――。

簑島がなにを考えたか察したらしく、伊武がかぶりを振る。

「凶器を仕込んだのはおれじゃない。あれは本当に家宅捜索の結果、発見されたものだ。だから殺人容疑での逮捕は、不当じゃない。やつは四人を殺している」

「殺人容疑での逮捕は？」

その表現が引っかかった。

殺人容疑が不当でないなら、その前段階である、家宅捜索のきっかけとなった傷害の容疑はどうなんだ。

伊武がしまった、という感じに顔をしかめる。ずっと隠し事をされてきたが、長い付き合いには違いない。簑島にはその表情でじゅうぶんだった。

「新宿ゴールデン街での傷害事件に、なにか伊武さんの作為が働いていたんですね」

じっと簑島を見つめていた伊武が、小さな咳払《せきばら》いを挟んで口を開く。

「明石の自宅から凶器のロープが見つかったのは事実だ。ロープからは被害者の皮膚組織やら唾液《だえき》やらが検出された。やつが四人を殺したのは間違いない。かりに最初の逮捕が不当であったとしても、やつは殺人鬼だ」

「なにをしたんですか」

伊武にたいしてこれほど強い口調を向けたのは初めてだった。

内堀通りを通過する車両のエンジン音だけが響く。大型トラックは通過していないのに、
伊武の声は聞き取りにくかった。

「ゴールデン街でやつに絡んだチンピラってのは、知り合いのヤクザの弟分だ」

気が遠くなりそうだった。

「つまり伊武さんの差し金だった、ってことですか。明石がチンピラと揉め事になったのはたまたまじゃなかった。伊武さんに命令されたチンピラが、明石にわざと絡んだ」

「そういうことになるな」

「他人事《ひとごと》みたいに言わないでください！　あんたが冤罪を作り出したかもしれないんだ！　無実の人間の人生を破壊したかもしれないんだ！」

「それは違う。やつはやってる。やつの家から凶器が発見され――」

「チンピラに絡まれたのだって仕組まれていたんだったら、凶器が発見されたのも誰かの作為でないと、どうして言い切れるんですか！」

伊武が黙り込む。

「明石は無実かもしれない。だが、あなたは罪を犯した」

失礼します、と頭を下げ、簑島は踵《きびす》を返した。

もう背後を振り返ることはしなかった。

6

「……そうか」

簑島の話を聞き終えると、明石はふうと息を吐いた。落胆したようにも、虚脱したようにも、あきれたようにも解釈できるような態度だった。

「すまなかった」

頭《こうべ》を垂れる簑島に、アクリル板越しにふっと息を吐きかける。

「あんたが謝ることじゃない」

わかっている。だが明石を陥れた警察組織の一員として、そして、これまで明石を疑い続けてきたことにたいして、詫《わ》びなければ気が済まなかった。せめてもっと、明石の話に耳をかたむけるべきだった。もちろん、明石の無実を全面的に信じたわけではない。凶器が明石の自宅から見つかったことは、紛れもない事実だ。それでも何者かの作為が介在していたことがはっきりした以上、きちんと事件を調べ直す必要が出てきた。

「そうか。おれに絡んできたあのチンピラ、そうだったのか」

明石が遠くを見る目になり、ふいに噴き出した。

「すっかりしてやられたってわけだ。たしかに四課の刑事なら、反社に顔が利く。若いやつの一人や二人、簡単に動かせるだろう」

「当時の様子を覚えているか」

「酒が入っていたからなんとなく、だがな。やけにしつこく絡んでくると思ったが、話を聞いて納得した。怪我《けが》しろって命令されているから、一発ぶん殴られておめおめ引き下がるわけにはいかなかったんだな」

明石が顎《あご》を触り、うんうんと頷いた。

「あのときの傷害事件が仕組まれたものだったと、伊武さんに証言させる」

簑島は意を決して宣言したつもりだったが、「そいつはどうかな」と腕組みされた。

「あのときおれに絡んできたチンピラが、伊武って刑事の差し金だったとすれば、最初の逮捕は不当だったことになる。だがいまとなっては、それが確定済みの死刑判決をひっくり返すほどの材料になるとは思えない。伊武も、おれが四人を殺したのは既成事実だと思っているんだよな?」

「ああ。だがそれは――」

「なら無理だ」この話は終わりだとばかりに、強い口調で遮られた。

「不正行為がなされていたとしても、伊武はそれが正義の遂行だと信じている。いまさら過去の所業を懺悔《ざんげ》して、おれの冤罪証明に協力するとは思えない。十四年も前のことだし、なにかしら物証が出てくる望みも薄そうだ」

たしかにあの様子だと、伊武を翻意させるのは難しそうだ。

「凶器をおれの家に仕込んだのは、伊武じゃない。それは間違いないのか」

口調こそ平坦《へいたん》だが、視線で詰問するような、明石の目つきだった。

「間違いない。とはいえ、もはや伊武さんのことをどこまで信用していいものか自信がないが、おまえの犯行については信じて疑っていないようだった」

だからこそ犯人逮捕を急《せ》いて、暴走してしまったのだろう。

「そうか。まあ、そうだな。伊武自身が真犯人でもない限り、凶器を仕込んでまでおれを逮捕するメリットがない。伊武としては大きな賭《か》けに出て勝利した。そういうことなんだろう」

簑島はふいに閃《ひらめ》いた。

「なあ。伊武さんを説得するのは無理だとしても、おまえに絡んだチンピラのほうを落とすことはできるんじゃないか」

明石の瞳《ひとみ》に、かすかな光が灯《とも》る。

「なるほど。一理あるな。だが相手の男は、途中で告訴を取り下げている。資料は残っていないかもしれない」

明石に殴られたチンピラは、あくまで明石の身柄を拘束するきっかけに過ぎなかった。家宅捜索をして証拠が発見された時点で、お役御免だろう。下手に公判に持ち込まれるようなことになれば、根掘り葉掘り探られてボロが出る可能性が高い。さっさと告訴を取り下げて退場してもらうのが得策だ。

「当時の捜査本部に参加していた捜査員に訊いてみればいい。チンピラをけしかけたのはあくまで伊武さん一人で、組織ぐるみだったわけじゃない。だとすれば、ほかの捜査員に隠蔽《いんぺい》の意思はない。覚えていれば、チンピラの身元ぐらいは判明するかもしれない」

「そうだな。それもいいが――」

ぼうっと一点を見つめていた明石の視線が持ち上がり、簑島を捉える。

「伊武も罪を償うべきだ」

「そうなるように努力する。だが十四年も前の話だ。時間がかかる」

「違う。その話じゃない」

なにを言っているんだ。簑島は明石の目を見つめ返した。

「伊武はなぜ、唐突にあんたに手を引かせようとした」

「十四年前のおまえの逮捕が不当な手続きに基づくものだったと、知られないようにするためじゃないのか」

それ以外になにがある。

「それもある。だがそれだけじゃないと、おれは思う」

「どういうことだ」

「考えてもみろ。十四年前の作為については、伊武自ら告白している」

「あ」そうだ。

つまり十四年前の作為を告白し、これまで築き上げた簑島との信頼関係が壊れるリスクを負ってでも、隠したい事実がある。

明石はうつむいて目を閉じ、静かに息を吐いた。

「おれは間違っていた。ストラングラー憎しで、目が曇っていたらしい」

なにを言わんとしているのか、想像もつかない。簑島は明石の薄い唇を見つめた。

だが明石の唇は動かない。代わりに目が開き、視線が簑島を捉えた。

その瞬間、閃きが全身を貫き、全身が痺《しび》れた。

自ら閃いたというより、明石の言いたいことが視線を通じて伝わった。そんな感覚だった。

「嘘《うそ》だろ……」

「おれはなにも言っていない。おまえも同じことを考えたということだ」

同じこと。

外山を殺したのは、伊武だ。

ストラングラーが外山を殺したという明石の推理は、あまりに突飛だった。仁美が言ったように、自分を陥れた殺人鬼への憎しみのあまり、冷静さを欠いていたのだろう。とてもではないが、素直に賛同できるものではなかった。

とはいえ、外山の死に謎《なぞ》が多いのも事実だ。

外山は明石に面会に行ったことも、明石から簑島に手を貸すように要請され、品川事件に首を突っ込んだことも、錦糸町署刑事課の同僚には報告していなかった。極秘裏に動いていたのだ。金本を逮捕するために違法薬物を用いていることから、違法薬物の売買をめぐるトラブルで殺害された可能性もないわけではない。だが同時に、明石にかかわったことで「消された」可能性も、やはり残る。

ストラングラーが外山を殺すメリットについては、ほとんど思いつかない。せいぜい外山がストラングラーの正体に迫った場合ぐらいだろうが、明石に面会してから日も浅い外山が、短期間でそこまで真相に近づいたとは考えにくい。そのため外山がストラングラーに殺されたという明石の推理を、信じることもできなかった。だから外山は明石とは関係のない、違法薬物の売買をめぐるトラブルで殺されたのだろうという結論に落ち着いていた。死の直前に外山を見かけたというホームレスは、外山が誰かと一緒にいて、二人で「薬」について話していたと語った。伊武も、外山が金本の逮捕時に覚醒剤を用いた可能性には気づいている。「薬」について話してもおかしくない。

面会場所は錦糸町。外山が呼びつけたのか。それとも、伊武のほうから会いに行ったのか。

いずれにせよ、おそらく、外山は明石逮捕時に行われた、伊武による不正な工作に気づいたのだ。

外山は明石の起こしたとされる事件に異常なほど興味を抱き、明石に心酔しているようにすら思えた。明石の冤罪を証明しようと、独自に動き回ったとしても不思議はない。外山は金本を逮捕するために、金本の交際相手を利用し、覚醒剤を金本のセカンドバッグに忍ばせた。自分がそうなのだから、ほかにも同じようなことをする人間がいると考えても、おかしくない。

外山は十四年前に、伊武がしたことに気づいた。

だから伊武に殺された。

いや、もしかして、伊武がストラングラーなのか……？

だとすれば伊武が明石の逮捕に際し、強引な手段を用いたのにも説明がつく。引退あるいは活動休止に際し、スケープゴートが必要だった。

明石が簑島を見上げている。

簑島は明石を見下ろしている。

簑島は、いつの間にか立ち上がっていた。

「今日の面会は終わりのようだな」

薄く笑みを浮かべる明石に頷きかけ、面会室を出た。

ロッカーに預けていたスマートフォンを受け取り、すぐさま電源を入れる。

東京拘置所の所舎を出ながら、伊武に電話をかけた。

数度の呼び出し音に続いて、いつもの低い声が応答する。

「おう。どうした」

先日のことがあったので、少し戸惑い混じりの声だった。どこか他人行儀でもある。あらためて、これまでの絆《きずな》が崩れ去ったのだと感じた。

「伊武さん。いま、どちらにいらっしゃいますか」

「本部だが。おまえは」

「小菅です」

押し黙る気配があった。また明石に面会していたのかと、不機嫌になったようだ。

だがそんなことは関係ない。

「折り入って話があります」

「なんだ。あらたまって」

「この前の続きです」

ふたたび伊武が黙った。受話口から同僚たちの笑い声が聞こえてくる。が、それもほどなく遠ざかり、消えた。刑事部屋から廊下に出たようだ。

やはり、と簑島は内心で嘆息をつく。

明石の睨んだ通り、外山殺しの犯人は伊武で間違いなさそうだ。

そうであって欲しくないと願っていた。つい数日前まで、簑島にとって目指す刑事像を体現していた男だ。ときに兄であり、ときに父であった男だ。

だが伊武は「この前の続き」だけでその先の用件を悟ったようだった。心当たりがあるのだ。この前の「続き」に。簑島に話していないことに。

面会場所には上野を指定された。互いの所在地の中間地点という説明をされたが、そんな理由のはずがない。伊武はやはり、簑島の用件を察している。桜田門《さくらだもん》近辺だと同僚に見られるかもしれないから、わざわざ上野まで出向いてくるのだ。

東武伊勢崎《いせざき》線小菅の駅に入ろうとしたとき、ぽつりと肩になにかが落ちた。見上げると、重量感のある灰色の雲が空を覆っていた。

7

上野に着くころには本降りになっていた。

まだ夕方四時前だというのに、夜のように暗い。

合流地点として指定されたJR上野駅の不忍口《しのばずぐち》に行くと、すでに伊武はいた。高架下で立ち尽くし、暗い空を見上げていた。

「早かったですね」

簑島が背後から声をかけると、軽くこちらを一瞥《いちべつ》し、歩き出した。

「ああ。タクシーで来たからな」

傘、あるか、と振り返る。

「駅ナカのコンビニで買ってきました」

左手に持ったビニール傘を見せた。伊武は軽く頷き、自分のビニール傘を差した。高架下から出たとたんに、雨粒がぼたぼたと傘のビニールを叩く。強い雨だった。

伊武は無言のまま、上野公園のほうに歩いていく。スラックスの裾《すそ》が雨で変色していたが、気にする素振りもない。

やがて二人は上野公園に入った。

天気のせいで人通りは少ない。雨に追い立てられるように、上野動物園のほうから人波が流れてくる。

しばらく歩いてひと気がなくなったところで、伊武が立ち止まり、こちらに顔をひねった。

「話を聞こうか。なんだ」

「おれが話すまでもなく、ご存じなんじゃありませんか。じゃなきゃ、ただ話をするのにこんなところまで連れてきませんよね」

伊武は黙っていた。

「外山さんを殺したんですか」

伊武の目が、威圧するように細まった。こんなに冷酷な表情ができる人なんだと、簑島はひそかに驚いた。すべてを知っていたつもりで、なにも知らなかったのだと思い知らされる。

「どうして殺したんですか」

じっと簑島を見つめていた視線が、ふいに逸れる。

「簑島。おまえ、変わったな。前はそんなじゃなかった」

「はぐらかさないでください」

「また小菅に行ってたってな。忘れたのか。明石はおまえの恋人を殺した殺人鬼だぞ」

「そうじゃないかもしれない」

「判決は確定してる。いまさら疑いの余地はない」

簑島は声を荒らげた。

「あなたが！」

「あなたが明石を犯人に仕立て上げた。公判で検察が提出した証拠は、あなたが捏造したものだ」

「おれがやったのは、クズみたいなチンピラに喧嘩《けんか》をふっかけさせたことだけだ。その結果、ガサ入れが可能になり、明石を逮捕することができた。証拠はそのときに押収したものだ。捏造はない」

「出発点が捏造じゃないですか」

伊武があきれたように息を吐く。

「おまえはわかってない。あのとき逮捕しなければ、次なる被害者が生まれていた。当時、明石はもっとも疑わしい人間だったが、身柄を拘束するだけの証拠は挙がっていなかった。捜査本部は手をこまねいているしかなかった。だからおれがきっかけを作った。それともあれか、誰かが殺されるまで待て、捜査員にそれを現認しろとでも言うのか」

「そんなことは言っていません」

「言ったようなものだ。たしかにおまえには、何人犠牲になろうが関係なかったろうな。おまえの恋人は、とっくに殺されちまってるんだから」

全身の血が逆流した。

気づけば、伊武が地面に倒れている。

簑島は右手のこぶしを握り締めていて、伊武を殴り倒したのだと気づいた。

伊武が立ち上がりながら、不敵に笑う。

「そうだよ。その憎しみだよ。ここ最近のおまえが、失っていたものだよ。それを忘れるな」

投げ出した傘を拾いもせずに、伊武がよろよろと歩み寄ってくる。

そして簑島の両肩に手を置いた。

「昔のおまえを思い出せ。恋人を殺され、復讐に燃えていたおまえを。おまえの恋人を殺したのは明石だ。あいつからなにを吹き込まれたのか知らないが、目を覚ませ。あいつはおまえにとって仇だ。どうしてやつの無実を証明しようとする。そんなのは無駄だ。やつはやってるんだ」

両肩をつかんで激しく揺さぶられながら、伊武の目に宿る狂気にぞっとした。

「だから外山さんを殺したんですか」

伊武の動きが止まる。

話を逸らされないよう、簑島は畳みかけた。

「外山さんは明石に心酔していました。おそらく、明石の無実を証明するために動き始めていたんだと思います。その結果、十四年前、伊武さんの仕掛けた策略に気づいた」

髪の毛から雫《しずく》をしたたらせながら、伊武が顔を横に振る。

「違うな」

「外山さんは明石の逮捕時、明石の住むアパートの隣町の交番に勤務していました。当時の捜査本部に参加していた捜査員の中に、親しくしている者がいたとしても不思議はない。外山さんは警察内のコネクションを駆使して明石に暴行されたチンピラの身元を調べ、話を聞きに行った。金本逮捕のために不正な手段を用いた外山さんだからこそ、明石の逮捕時にも同じような不正が行われていたかもしれないと考えることができた。そして外山さんの推理は、当たった。チンピラに話を聞いた外山さんは、明石の傷害事件の裏で、伊武さんが糸を引いていたことを知る。だから伊武さんに連絡を取り、真偽をたしかめようとした。そして殺された」

「憶測で語るな」

「違うんですか。違うところがあれば言ってください」

「違う。おまえにはこれまで口酸っぱく言ってきただろう。先入観を捨てろ」

「先入観を捨てたら、伊武さんが疑わしくなったんです」

きっぱりと言った。

伊武が、簑島の両肩から手を離す。

「おまえには、ずっと目をかけてきた」

「感謝しています」

「おれにワッパをかけるっていうのか」

「それは、自白と捉えていいんですか」

「最近のおまえは、やっぱりおかしいぞ」

「おかしくない」

簑島はかぶりを振った。

「明石のせいだ。いかれた殺人鬼に影響されて、おまえまでいかれちまった」

「いかれてない」

「良い刑事になると思っていたのに。ずっと目をかけて、手塩にかけて育ててきたのに」

伊武の瞳が、こころなしか潤んでいる。

その事実に、心がぐらりと揺れる。

「ミノ。目を覚ませ。また一からやり直そう。おれたち二人で、悪人どもを捕まえよう」

「もう、無理です」

きっぱりと言った。もう戻れないし、引き返せない。

誰が悪人なのか、なにが悪なのかも、わからない。

伊武が何歩か後ずさる。

「明石は、間違いなくやってる。騙《だま》されるな。やつを娑婆《しゃば》に放てば、また新たな被害者が生まれるぞ」

簑島は唇を引き結び、拒絶の意志を示した。

伊武が続ける。

「覚えてるか。おまえが捜一に来て、最初に担当した事件」

デジャビュに襲われた。つい昨日、伊武は同じ台詞《せりふ》を吐いたばかりだ。

伊武の意図が読めずに、簑島は目を細める。

「あのとき、おれが説得して自殺を思いとどまらせたガキ、いただろ」

「ええ」それがどうした。

あのとき、自らの喉に刃《やいば》を突きつけた少年に、伊武は生命の尊さを説いた。懸命で真摯《しんし》な言葉だと思った。だからこそ言葉は少年の心を打ったのだと、そう信じていた。いまでは、すべてがまやかしにしか思えないが。

「あのガキ、いつの間にか少年院を出所して、この前、再犯しやがった」

簑島の視界に暗幕が降りた。

伊武が頷く。

「北海道に越してたし、そんなに大きく報道されなかったから、気づかなかったろ。若い女を拉致《らち》して強姦《ごうかん》して、洟《はな》かんだティッシュみたいに捨てやがった。あのとき、あのまま死なせておけばよかったんだ。そうすれば女は死なずに済んだ」

言葉にならない。無力感に包まれる。

「な」と伊武が諭してくる。

「駄目なんだよ。人殺しを娑婆に出しちゃ。善良な市民を危険にさらしちゃ。なのにあいつは、外山は明石を外に出そうとしていた。そんなことはあってはいけない。やつは四人を殺した殺人鬼だ。それだけは間違いない。逮捕の過程に不正はあったかもしれないが、それがやつの免罪につながってはいけないんだ。だってそうだろう？　四人だぞ？　やつは四人を殺した」

「伊武さんも一人殺しました」

簑島の指摘に、伊武が言葉を喉に詰まらせる。

「そ、それは……」

「それはしょうがないんですか。自分の殺しには正当な理由があるとでも？　そんなことを言い出したら、どんな冷酷な殺人鬼だって自分の犯行を正当化できます。かりに明石が冤罪でない、本物の殺人鬼だとしても、伊武さんだって人を一人、殺したんです」

そしてもう一人――と、簑島は思った。明石が無実であれば、伊武は明石から人生を奪ったことにもなる。殺したも同然だ。

「その上、おれも殺すんですか」

人に聞かれてはまずい内容だとはいえ、わざわざこんなところにまで誘導したのは、いざとなったら簑島の口も封じようという意図があったのだろう。

伊武は背中に手を回し、登山用ナイフのような、刃に革のカバーのかかった刃物を取り出した。ベルトに挟み、ジャケットの裾に隠すかたちで持ってきたようだ。

伊武がカバーを外し、刃を剝《む》き出しにした。刃渡り七センチぐらいだろうか。それほど大きくないが、切れ味はよさそうだ。簑島は身がすくんだ。

伊武が刃を顔に近づける。

「当然、そのつもりだった。殺人鬼を野に放とうとするやつは、誰であろうと許せない。たとえ、弟のようにかわいがってきた、苦楽をともにしてきた、おまえであってもだ」

簑島は傘の柄を握り直した。伊武が襲いかかってきた場合にそなえて、どう動くかをシミュレーションする。

生命を狙《ねら》われているというのに、なぜか危機感が乏しかった。つい数日前まで全幅の信頼を寄せていた相手と、命のやりとりをしようとしているなんて。自分がいま現在、対峙しているのは、目の前で刃物をかまえているのは、本当に伊武なのだろうか。伊武に似た別人ではないだろうか。伊武に殺されそうになるなんて、自分は夢でも見ているんじゃないだろうか。すべてが幻なんじゃないか。あの刃物が自分の腹にめり込んでも、自分は死なないんじゃないか。痛みすら感じないんじゃないか。そんなことを考えて、戦闘意欲が萎《しぼ》みかける。

だが、違う。これはまぎれもない現実だ。

ここで殺されるわけにはいかない。

ストラングラーを捕まえるまでは。

真実を明らかにするまでは。

自らを叱咤《しった》して簑島がこぶしを握り締めたそのとき、思いがけないことが起こった。

伊武がナイフを地面に落としたのだ。降り注ぐ雨粒が、刃物から鋭い輝きを奪っていく。

「無理だ。おれは明石とは違う。何人も人を殺して、平気ではいられない」

伊武が肩を落とす。

あくまで明石の無実を信じる気はないらしい。だからこそ、どんな手段を使ってでも明石を逮捕しようとしたのだろう。そして、殺人鬼を野に放ってはいけないという思いから、外山を殺した。保身ではない。伊武なりの正義を行使した結果だった。それが完全に歪《ゆが》みきった正義であっても、伊武には正義だった。

ということは——。

「伊武さん。一つ、確認させてもらっていいですか」

「なんだ」

「あなたが、ストラングラーなんですか」

しばらくきょとんとしていた伊武が、ふっと息を吐く。

「違う。もはやなにを言っても信じないかもしれないが、おれはストラングラーじゃない」

「信じます」

伊武は明石を殺人鬼として逮捕した。明石を釈放しようと動く外山を殺害した。そこには伊武なりの正義があり、信念がある。同じ殺人とはいえ、そこがストラングラーの犯行とは、決定的に相容《あいい》れないところだ。

「おれを逮捕するか」

「現行犯じゃありませんので、まず上に報告します。逮捕はそれからです」

「いいのか。逃げるかもしれないぞ」

「伊武さんは逃げません」

「おまえ、とことんまで甘いな。その甘さが、いつか命取りになるぞ」

「ご忠告、感謝します」

伊武はかすかに微笑んだ。

それから背を向け、傘を拾いにとぼとぼと歩き出した。その後ろ姿がいっきに老け込んだように見えるのは、雨に濡れそぼったせいだろうか。

「行きましょうか」

「ああ」

二人は微妙な距離感を保ったまま、来た道を戻った。

伊武が逃げ出したりしないかと気になったが、それはないだろうと思い直した。ここで走って逃げようとしたところで、若い簑島のほうが足も速いし、スタミナもある。そんなことは、伊武だって理解しているはずだった。

動物園から吐き出される人波に合流し、駅のほうに向かう。雨に降られたとはいえ、周囲を歩く人たちは楽しげだ。そんな中で雨にずぶ濡れになりながら、険しい表情で歩く男二人は、さぞ浮き上がっていることだろう。

簑島は、前方から男が近づいてくるのに気づいた。紺色のウインドブレーカーのフードをかぶったその男は、雨が顔にあたるのを嫌うように、うつむきながらランニングしていた。簑島には、そう見えていた。だからとくに不審には思わなかったし、男の人相を確認しようともしなかった。少し前を歩く伊武に、前から人が来ていますよと、警告しようとしただけだった。

だが簑島が声を発する前に、破裂音が響いた。

最初はなにが起こったのか理解できなかったが、二発、三発と連続するうちに、それが銃声ではないかと思い至った。

伊武の傘が逆さまに落ちる。その内側は、血が飛び散ったような染みで汚れていた。

ふらふらとよろめいた伊武が、地面に両膝《りょうひざ》をつく。

「伊武さん!」

簑島は慌てて駆け寄り、伊武の身体を支えた。

やはり銃撃されたようだ。伊武の胸から腹にかけて、真っ赤に染まっている。

周囲を見回す。あちこちに傘の花が咲いた公園で、一人だけ傘を差さずに走り去る男の後ろ姿が見えた。

だがいまは、伊武を放《ほう》っておくわけにはいかない。

おびただしい量の血が流れている。簑島はジャケットを脱ぎ、伊武の傷口にあてた。だが傷が深すぎる。血が止まる気配はない。二人のいる場所から放射状に血だまりが広がり始める。

伊武は視点が定まっていない。ぱくぱくと口だけを動かしている。

「駄目だ。駄目だ駄目だ。伊武さん。しっかりしろ。逝くな」

懸命に呼びかけるが、声が届いている実感がまるでない。

救急車。思ったが、傷口を塞《ふさ》ぐ手を離すことができない。

「救急車を！　救急車を呼んでくれ！」

近くを通りかかった大学生ふうの若いカップルに助けを求めた。

「なに？　なにがあったの」

カップルの男のほうが歩み寄りながら、ぎょっとして身を引く。

「撃たれた。早く救急車を呼んでくれ！」

男は慌ただしくジーンズのポケットに手を突っ込み、スマートフォンを取り出す。かなり動転しているらしく、スマートフォンを取り落としそうになりながら電話をかけていた。

「伊武さん。しっかり。すぐに救急車が来ます」

どこか遠くを見ていた伊武の黒目が、ふいに簑島に焦点を結んだ。声が届いている。

紺色のウインドブレーカーのフードを深くかぶった、背の高い男。記憶を反芻《はんすう》しても、わかるのはそれだけだ。なぜもっとよく観察しなかったんだと、後悔が湧き上がる。振り返ってみれば、やつの走行ルートはおかしかった。足もとだけを見ているせいで障害物に気づいていないのかと思っていたが、それにしては真っ直ぐにこちらに向かっていた。もっと注意を払っていれば、異変を察知できた。

犯人の走り去った方角に目を凝らす。そこにはまばらな人の流れがあるだけだった。

伊武が唇をゆっくりと開いたり閉じたりする。なにかを言おうとしている。

「なんですか。伊武さん」

簑島は伊武の口に耳を近づけた。

ひゅうひゅうと雑音混じりの息の狭間に、かすかな声が聞こえる。

「つ、だ……や、つだ……」

聞き取った声を整理する。

やつだ、やつだ。そう言っているのではないか。

「犯人は知り合いなんですか」

伊武の顎が上下した。

「誰ですか。教えてください」

伊武の震える唇が、動こうとしている。簑島はその口が言葉を発するのを、じっと待った。

だが、ふいに伊武の視線があらぬ方向を向く。意識を失いかけている。

「伊武さん！　伊武さん！」

誰がこんなことを。

簑島は考えた。伊武を殺して得をする存在。

伊武は十四年前、明石を逮捕するために裏で工作を行っていた。暴走する正義感ゆえの行動だった。その事実を外山に知られ、口封じのために外山を殺害した。このまま伊武を逮捕して取り調べを行えば、伊武は十四年前に行った工作のことを、動機として語らなければならなかっただろう。明石が逮捕されるきっかけとなった傷害事件は、明石の犯行を疑う一人の刑事によって仕組まれたものだった。それだけで明石の無罪が証明されるわけではないが、警察・検察として事件の再捜査を迫られるのは必至だ。そうなれば、明石の冤罪証明にぐっと近づくはずだった。

「ストラングラー？」

口にした瞬間、簑島は戦慄《せんりつ》した。

そうかもしれない。警察は十四年前の連続殺人事件と、現在のストラングラーによる連続殺人を、別個のものとして扱っている。十四年前の事件では明石が逮捕され、死刑判決が確定している。ストラングラーは明石に心酔する模倣《もほう》犯《はん》。その見方が支配的だ。かりに明石の冤罪が証明されれば、捜査方針は大きく転換せざるをえなくなる。十四年前の事件と現在の事件が、同一犯によるものだという可能性が浮上する。二つの連続殺人が地続きになり、証拠も倍になり、真相解明にぐっと近づく。

だから殺した？

明石を無実だと証明させないために。

十四年前の事件と現在の事件は、別の犯人によって引き起こされたものであるという、警察の根本的な事実誤認を、そのままにしておくために。

「伊武さん！」

簑島は伊武の身体を揺さぶった。

ぼんやりと視点の定まらない様子だった伊武の黒目が、簑島のところに戻ってくる。

「伊武さん！　伊武さんを襲った犯人は、知り合いなんですよね？　名前を教えてください！　そいつの名前を！」

簑島と伊武がいまここにいることを知る者は、ほとんどいないはずだ。簑島は東京拘置所から直行し、目的地を誰にも告げていない。伊武にしても、場合によっては簑島の口封じを目論《もくろ》んでいたと告白したから、上野に向かうことを誰にも告げていないはずだった。にもかかわらず、犯人はこの場所にやってきた。簑島か伊武の行動を監視し、尾行していたということだろう。

犯人が伊武をつけていたのなら、警察関係者の可能性が高い。

「犯人の名前を！　伊武さん！　そいつがストラングラー……」

簑島が言葉を切ったのは、伊武がもう戻らないのを悟ったからだった。

伊武は絶命していた。

いつの間にか、二人の周囲には遠巻きに見守る人垣ができていた。

遠くに救急車のサイレンが聞こえる。だがもう遅い。

雨脚が強まってきた。叩きつけるような強い雨が、二人に降り注いでいた。

本書はハルキ文庫の書き下ろしです。
本作品はフィクションであり、登場する人物、団体名など
架空のものであり、現実のものとは関係ありません。

Haruki Bunko
ハルキ文庫

さ 26-1

ストラングラー 死刑囚《しけいしゅう》の推理《すいり》

著者 佐《さ》藤《とう》青《せい》南《なん》

2020年9月18日第一刷発行

発行者 角川春樹

発行所 株式会社角川春樹事務所
〒102-0074 東京都千代田区九段南2-1-30 イタリア文化会館

電話 03(3263)5247(編集)
03(3263)5881(営業)

印刷・製本 中央精版印刷株式会社

フォーマット・デザイン 芦澤泰偉
表紙イラストレーション 門坂 流

ISBN978-4-7584-4355-5 C0193 ©2020 Sato Seinan Printed in Japan
http://www.kadokawaharuki.co.jp/[営業]
fanmail@kadokawaharuki.co.jp[編集] ご意見・ご感想をお寄せください。